Dello stesso autore

nella collezione Oscar

Le scarpe appese al cuore

nella collezione Scrittori italiani e stranieri

Il dolore perfetto

UGO RICCARELLI

L'ANGELO DI COPPI

OSCAR MONDADORI

I edizione Scrittori italiani e stranieri settembre 2001
I edizione Piccola Biblioteca Oscar luglio 2004

ISBN 88-04-53660-8

Questo volume è stato stampato
presso Mondadori Printing S.p.A.
Stabilimento NSM - Cles (TN)
Stampato in Italia - Printed in Italy

Ristampe:

1 2 3 4 5 6 7 8 9

2004 2005 2006 2007

www.librimondadori.it

L'angelo di Coppi

I vincitori non sanno quello che si perdono.

GESUALDO BUFALINO

A Fausto Guccinelli,
che da molti anni pedala con me.

L'angelo di Coppi

Il 12 febbraio del '59 Coppi uscì dal cancello della sua villa, si fermò un momento a guardare la nebbia tra le colline di Castellania e pensò al sole che aveva visto in Spagna: lo aveva accarezzato come un amico antico, gli aveva scaldato le spalle e sciolto, per un poco, la stanchezza. Le ruote in gruppo davanti a lui erano andate via veloci e spesso aveva guardato l'asfalto scivolargli di sotto mentre faceva finta di essere se stesso, sorrideva leggero ai saluti della gente che scorreva al bordo della strada. Il sole attorno, addosso alla schiena, e il cielo azzurro, sopra. Un po' di vento a portargli grida di gioia e frasi brevi, urlate per incitamento. E dentro il freddo, la pesantezza lontana di qualcosa che non si può capire e non si quieta. A Sueca si era distratto a guardare un uccello alzarsi lento da un prato. Gli era sembrato un fagiano e per un attimo lo aveva seguito con lo sguardo, come avesse avuto la doppietta tra le mani, non il manubrio. Fu quanto bastò a non veder la buca, l'ondulazione forte che lo trascinò per terra, sulla spalla, sul braccio e sopra due dita che si ruppero senza neanche fargli male. Quando si fermarono a rialzarlo non si lamentò neppure, cercò con gli occhi qualcosa che ora lo stava guardando da in cima a un albero. Di tutta quella storia gli rimase solo il rammarico di non aver capito se fossero o no due occhi di fagiano.

Uscì di casa con lentezza e si mise tra la nebbia. Avrebbe pedalato verso Acqui e poi su, ancora per i saliscendi, fino quasi a Ceva. Tre giorni di riposo a casa di Mongelli, a fare sgambature prima delle riunioni in Francia, tre giorni soli di libertà con qualche amico caro e poi di nuovo il circo, i tubolari, gli aerei, i massaggi, i giornalisti. I francesi e Fostò, e tutto il resto.

Verso Roccaverano il sole bucò l'umido e gli si mise a fianco, lo accompagnò tranquillamente girando come lui sui pedali, senza fatica. Parlò a se stesso, Coppi, mentre pedalava, parlò del suo futuro che ormai era stirato, allungato come il gruppo in fuga in fondo al rettilineo. C'era da recuperare, c'era da raggiungerlo al più presto, prima che il distacco fosse aumentato. Si guardava attorno e non c'erano gregari, nessuno della sua squadra che gli potesse dare una mano, che lo aiutasse a rientrare senza troppo sforzo. Qualcuno cui promettere un accordo, qualche soldo sicuro, o il favore facile di una fuga risparmiata in qualche tappa secondaria. Il gruppo stava andando via come anche il sole che non riusciva a staccarsi dalla nebbia: le schiene colorate dei ciclisti sparivano nella foschia che li inghiottiva e che mangiava assieme a loro anche la strada. C'era troppo freddo e troppa era la distanza. Coppi non riusciva più a recuperare. Cominciò a pensare sul da farsi, ancora come mille altre volte lì sulla strada considerò la tattica da usare. Forse la soluzione era andar piano, smettere di pedalare, aspettare l'ammiraglia, e ritirarsi per una fitta al fegato, per la pancia che gridava, per la mano che faceva male sul manubrio. Una coperta tiepida sulle spalle e steso dolcemente sul sedile, con Ettore Milano che avrebbe dato un poco più di gas al motore, sarebbero bastati solo un duecento metri e il gruppo raggiunto gli sarebbe andato via di fianco. Magni, Bartali. Un'occhiata alla pelata di Martini. Forse avrebbe potuto vedere anche Baldini. Vai

Ercole, ci vediamo in albergo. Poi si sarebbe girato e avrebbe visto il suo futuro allontanarsi, farsi più piccino in fondo allo stradone. Forse si sarebbe anche addormentato.

Coppi pensava e pedalava nella nebbia che era tornata fitta dopo Cortemilia e il freddo, che adesso mordeva sui polpacci, passava la calzamaglia bagnata e pungeva sulle ossa come il becco di un picchio sul tronco di un abete. La strada si era alzata e nel vapore non si sentiva altro che lo struscìo dell'asfalto sotto il tubolare. E il giro dei pedali.

Pedala allora, si disse Coppi, spingi un po' più forte, metti il quarantotto. Smanettò sul cambio e aggiunse il rumore della catena al silenzio quasi assoluto della strada.

Se lo trovò di fianco, proprio mentre si accorgeva che il fruscio dei tubolari si era raddoppiato: «Fuuum, fuuum», un ritmo deciso. La prima cosa che vide fu quella sua schiena, la schiena che pareva di un ragazzo. E una testa bionda. Poi vide la bici e si sentì felice perché era un'Aquila, un'Aquila nera come la prima cosa su cui aveva pedalato, con il manubrio basso e i tubolari larghi, il rapporto fisso e la vernice andata.

Ma fu un momento breve, fu proprio un lampo, perché scattò il riflesso naturale del campione, del corridore quando si vede sorpassato e irrigidisce dentro i muscoli per la coltellata, e allora incrina il suo cristallo, tocca l'orgoglio, e parte in un secondo al contrattacco.

Si era già alzato sui pedali per scattare, quando pensò di essere stupido e infantile. Che faccio, si disse, ora mi metto a inseguire anche i ragazzi. Non mi sono bastati i Giri, i Tour, lo Stelvio per capire, il Tourmalet e l'Aubisque e la Croix de Fer per lasciare che qualcuno mi pedali davanti senza bruciare?

Si risedette subito e alzò un attimo la mano come per scusarsi. Vai ragazzo, magari non ti sei neanche accorto che hai passato Fausto Coppi, che quest'uomo infagottato nella calzamaglia è il Campionissimo di sempre, l'uomo solo al comando di tutte le strade dell'Europa dove si corre.

E restò un istante così, tra le sue parole e i pedali che mangiavano la salita. Vedeva ancora chiaramente la schiena e quella testa bionda che saliva senza mostrare sforzo, guadagnando strada e pedalando come se andasse in gita o a una passeggiata. Fu quasi naturale considerare la leggerezza di quell'andatura, fatta con ritmo tranquillo e in modo rotondo. Eppure la salita era forte e l'Aquila non era certo una piuma. Erano almeno quindici chili, che sopra quel costone dovevano essere come la ghisa spinta con la forza sulla sabbia. Eppure saliva, con un rapporto fisso e con quell'andatura buona.

Fu altrettanto naturale trovarsi a spingere un po' più forte, per provare ad andarlo a prendere, dicendosi che era un buon modo per farsi la gamba, che era un buon allenamento. Senza far gare. C'era ancora almeno un chilometro di ascesa, per arrivare al Padre, e di quella dura, e lì il ragazzo, con quell'andare, si sarebbe certo piantato dopo poco. Mise il cinquanta davanti e si alzò in *danseuse* per provare, qualche respiro lungo per portare ossigeno a ogni luogo nascosto dei polpacci; e un pensiero leggero alla grande pompa del suo cuore per sentire il rumore che lo accompagnava. Tutto come sempre e così la Bianchi, sotto di lui, cominciò a mangiare a quella schiena gli stessi metri che altre volte aveva mangiato a Bartali, a Robic e a Ferdi Kubler.

Al primo tornante il ragazzo girò a ormai non più di dieci metri e l'esperienza a Coppi fece lanciare uno sguardo veloce quando se lo trovò di fronte, quando quello invertì il senso di marcia, appena due metri sopra lui che stava già arrivando. Questo si impara a far le corse, a osservare la pedalata del vicino e anche lo sguardo, scrutato in un secondo per capire se è un sorriso o una bocca tirata nel ghigno feroce di una fatica maledetta. Valutare un distacco, decidere il da farsi.

Il ragazzo passò, ma non si vide niente. Non sorrideva. Non sembrava stanco e neanche preoccupato. Pedalava soltanto, sull'Aquila nera che stava dritta e tesa come sopra un piedistallo.

Al secondo tornante arrivò con soli cinque metri e quando girò su se stesso Coppi gli arrivò di sotto a sbirciare nuovamente la sua faccia, ma vide solo due occhi dritti sulla strada che non sembravano accorgersi di un altro che si avvicinava.

Fu quando anche il Campione svoltò, che sentì nel petto un'altra coltellata, perché appena due o tre metri avanti, come si fosse ricordato di qualcosa, il ragazzo si alzò danzando sui pedali e filò via, quasi senza rumore, lasciando chi inseguiva a cercare il rapporto migliore per gli ultimi trecento metri di tornanti. Arrivò in cima, Coppi, da solo, e del ragazzo non c'era e non sentì che l'ombra; ma vide sorridere quelle rare foglie dei faggi che erano scampate a un inverno così freddo, in punta al colle del Padre. Arrivò con i polpacci di legno e le tempie indolenzite più del suo cuore, arrivò dandosi dell'imbecille per aver fatto uno sforzo così duro senza aver ancora le gambe pronte, a rischio di strapparsi, senza la preparazione adatta, solo per il gusto di non farsi sorpassare. Arrivò sull'ultima curva della discesa ormai tranquillo, tanto si era convinto di dimenticare.

Mongelli e la moglie lo aspettavano in giardino e gli fecero le feste per quell'occasione. Lo accompagnarono in casa e lo accomodarono al caldo della stufa di ceramica che avevano fatto venire dal Tirolo. Coppi ascoltò con piacere i complimenti, fu contento nel sapere che l'indomani sarebbe giunto anche Milano, un giorno prima del previsto, e avrebbe portato Cavanna, il fido Cavanna che aveva nelle mani la sua forza. Parlò con gli amici del suo viaggio ma non disse nulla della sfida segreta col ragazzo; non lo disse perché se n'era già dimenticato, perché si era convinto di essersi sbagliato. Si accomodò in camera dove sistemò il bagaglio che Mongelli aveva ritirato alla stazione e si preparò per fare un bagno caldo. La stanza era piena di vapore e gli sembrò di entrare in un bagno turco. L'acqua era calda e profumata e Coppi si immerse nella schiuma come aveva fatto, qualche ora prima, dentro alla nebbia. Si lasciò andare, e quasi si era addormentato quando si scosse di soprassalto, quando sentì dentro la sua testa abbandonata il rumore dei tubolari dell'Aquila arrivare. «Fuuum, fuuum.» Si accorse allora che era dentro l'acqua e aveva cominciato nuovamente a pedalare.

Il mattino si alzò di buonora e fece un'abbondante colazione. Saggiò la pressione delle gomme e fece girare la catena per controllare il cambio della bicicletta. Salutò Mongelli e disse che avrebbe pedalato per un paio d'ore di strada, con qualche scatto, per farsi un po' di gamba sull'ascesa. Avrebbe fatto quello che chiamava il giro largo, sessanta chilometri di saliscendi con la salita del Padre alla fine da fare tutta di un botto per allungare il fiato. Mongelli gli posò una mano sulla spalla prima che partisse. Erano amici da tanti anni e questo gesto era più che sufficiente per augurargli il meglio.

La strada ricominciò sotto le ruote, ed era sempre la stessa, sempre la stessa ghiaia bitumata che aveva dentro al sangue, la moltiplica rotonda che da poco era stata alleggerita e il cambio ultimo modello che scattava senza nessuna fatica. Coppi fece il suo giro in tutta tranquillità, senza inseguire il gruppo. La giornata era serena e non c'erano i fantasmi della nebbia.

Arrivò all'inizio del Padre dal bivio dove era passato il giorno prima, ma dalla parte destra, un paio di cento metri dal punto in cui il ragazzo l'aveva sorpassato. La strada era deserta perché le poche macchine di allora preferivano percorsi un po' meno tortuosi, meno duri anche per loro di quella salita non lunga ma fatta per penare. La sgambata era stata piacevole e tranquilla, Coppi aveva forzato due o tre volte e aveva sentito rispondergli le gambe senza nessuno sforzo, quasi con piacere. Meglio, molto meglio di ieri, quando l'umido feroce e il precario allenamento lo avevano imbolsito sull'ultima salita. Persino quel ragazzo se ne era andato via come un saluto.

Come fosse stato evocato col pensiero se lo ritrovò di fianco appena trecento metri sopra il punto in cui era comparso per la prima volta. Aveva la stessa Aquila e andava deciso con il suo passo liscio. Il tempo di vederlo ed era già una decina di metri avanti.

Beh, ragazzo, due volte mi sembrano un po' troppo, si disse Coppi, e abbassò il rapporto, staccò un quarantanove sedici e cominciò a pigiare. Passarono cento metri e già l'aveva preso quando il ragazzo, ormai sotto i tornanti, si alzò sopra i pedali e dette uno scossone. Ah, brutta bestia, ma allora vuoi proprio andare forte, si disse il Campione e abbassò ancora di un dente. Aveva dentro il Galibier, l'Isère, il Gavia e mille altre coste; quel Padre, pur pesante, gli sembrò come addentare un panino al burro, pensando al freddo e agli orsi, ai Koblet, ai Bartali e ai Robic che aveva masticato. Ma quell'ossesso era sempre là davanti, sei metri, tre metri, poi ancora sette. Coppi pestava sulla strada che sembrava un arrotino, mordeva le gomme del ragazzo sull'Aquila di ghisa, gli arrivò sulla schiena cercando di sentirne il fiato, ma l'altro era una vela portata su dal vento: sopra quel coso nero scolpito dentro al marmo camminava leggero sull'acqua senza dare neanche un respiro.

È questo che pesa a chi corre, vedere la schiena, vedere l'altro avanzare senza voltarsi, senza potergli leggere lo sguardo impaurito o sfatto o almeno preoccupato perché il nemico è dietro alla tua gomma e al primo tornante ti verrà a infilare. E invece passarono le cinque durissime girate prima del Padre e i due arrivarono sulla cima in fila, uno di presso all'altro. Ma uno era un ragazzo biondo che andava come una farfalla sopra un'Aquila nera, vecchia e scrostata, e l'altro era Fausto Angelo Coppi, sette litri d'aria nascosta dentro il petto e una Bianchi lucida e leggera tra le gambe, milioni di chilometri di strada nella testa, miliardi di dolore e di fatica tra le ossa, baci di donne sconosciute e donne amate, urla di folla e flash di paparazzi, giornali e giornalisti, cataste di soldi e di vittorie, l'amore della gente, il rispetto e l'odio per chi vince. Fausto Angelo Coppi che passava secondo in cima al Padre. Allora si buttò giù dalla discesa, come precipitando in un ricordo, non dalle curve larghe di quel colle ma dallo Stelvio, quando schiantò Koblet volando, sfiorando neve e lame di roccia fino a Bormio, giù in fondo, che gli apparve dietro a un tornante proprio come appare un'oasi in un miraggio.

La discesa dal Padre è una passeggiata a tuffo, una decina di ampie curve dove puoi anche pedalare. Pensò questo mentre vide il ragazzo alzarsi e aumentare il passo. Diavolo di uno, ma cosa crede di fare, e intanto che si stupiva del demonio si rese conto di avere esagerato: la curva chiudeva più del suo ricordo e il brecciolino sparso dal transito in passaggio lo obbligò a toccare il freno e ad allargare.

Le corse chiudono alle auto ogni accesso; quando invece passeggi a far le gambe quelle ti vengono incontro spensierate. Così fu per Orlando Merighi e la sua Millecento, modello T.V. bianco con il tetto azzurro: ebbe appena il tempo di pensare toh quello mi sembra Coppi, che dovette dare un colpo di freno e assieme di sterzo, fece toccare alla ruota cerchiata di bianco il bordo del fosso, mentre il Campione faceva partire la Bianchi col didietro. Appoggiò soltanto il fianco sul bordo lamierato, il corridore, prima di riprendere con forza la propria pedalata. Merighi era già fuori dallo sportello in ansia e a Coppi la paura era appena cominciata.

Dov'è quel cristo, urlò dentro se stesso, passò ancora due curvoni con le gambe ormai fatte di miele. Scaldate dalla scossa ribalda dell'adrenalina si stavano sciogliendo e lasciavano qua e là pezzi di forza. Così appena arrivò al piano sul lungo rettifilo, la giornata serena e il poco vento, le tranquille campagne lì intorno gli sembrarono uno sberleffo e una risata. Quel diavolo era sparito e di lui neanche l'odore.

Pedalò lentamente verso la casa dei Mongelli, pensando a molte cose, cose molto strane, cose dolorose per un grande campione: sono finito io o è quel ragazzo che ha dentro qualcosa di speciale, eppure la mia gamba era rotonda, il rapporto buono e il fiato largo. Ma quell'altro era sopra un pezzo di metallo arrugginito e pesante due volte quello che io ho sotto, non aveva rapporti eppure andava come il vento, mi ha costretto a rompermi le gambe per montare, e quando è sceso è volato via come un pensiero, come un ricordo improvviso appena ritrovato. Questo pensava Coppi pedalando, pensava a queste cose in fondo a se stesso, ma vide Mongelli sul portone e tutto gli sembrò allora chiaro, tutto gli parve normale, la casa, l'amico e l'aria fresca e il rumore del respiro, l'odore familiare del sudore. Tutto questo gli sembrò talmente chiaro che quel ragazzo gli parve davvero come un sogno.

Fu dopo pranzo, seduti alla poltrona, con la moglie di Mongelli a sferruzzare, che Coppi, bevendo appena un dito di caffè ben zuccherato, chiese con noncuranza al vecchio amico cosa sapesse sui giovani ciclisti della zona.

«Oh, Fausto, sai, qui non è più cosa, c'è qualcne bravo dilettante ma promesse vere nisba, non si vede niente. C'è uno di Mondovì, che vien su bene, un certo Gilardi Remo, che ha diciott'anni, un buon passo sul piano e contro il tempo, ma in salita dura poco, fa acqua e spesso molla. No, non è biondo, anzi è piuttosto scuro. Di gambe buone non ne ho viste altre, perché altro non c'è, te lo assicuro. Di gente come te qui c'è solo l'ombra e altra roba non credo sia capace neanche di portarti la borraccia, neanche il gesto.»

A sera arrivò anche Cavanna, Biagio Cavanna cieco con le mani d'oro. Si salutarono con affetto puro, facendo vezzo di dimenticare le storie gelose della Dama bianca, la signora Giulia. Ettore Milano era con loro e si parlarono insieme del futuro, della giornata dell'indomani da passar tranquilli e, dopo, del viaggio in Francia per far delle Sei Giorni.

Coppi accompagnò Cavanna alla sua stanza e disse a Biagio se volesse ancora toccarlo. Il cieco lo fece stendere sul letto e stette ad ascoltare le sue mani sopra il cristallo dei muscoli di Coppi. Sapeva che il Campione voleva parlargli, in quei momenti parlava di sé e delle sue cose. Sicché guardò dritto nel buio, davanti agli occhi, e fece volar le mani sui polpacci.

«Biagio, dimmi se dentro ho ancora forza.»

«La forza che c'è dentro le gambe è sempre abbastanza, ma tu hai un pensiero nella testa, hai un rumore di fascioni nel cervello.»

«Ho visto la mia vecchia Aquila nera con un demonio sopra, un diavolo biondo che mi ha fatto male. O forse l'ho solo sognato, e non ricordo, non riesco a vedere la sua faccia. Sulle rampe del Padre ho provato a prenderlo, due volte, e lui è andato via come se fosse vento.»

Cavanna fece il sorriso di chi vede, di chi può immaginarsi le cose da un pensiero.

«I diavoli sono angeli caduti» disse al campione, «sono gente che gira per il mondo senza pace. E questo qui, è evidente, ha fretta di tornare da dove è venuto. Non vuole correre, vuole scappare. Tu hai combattuto ben altri diavoli, ben altri ossessi. Louison Bobet, Koblet, Testa di Vetro. Magni. E Van Steenbergen, dì, te lo ricordi? O Gino, maledetto toscano, e Ferdi Kubler, ripreso prima che dicesse un amen. Ricordati Archambaud a cui rubasti il tempo e tutti gli altri che hai messo dietro la tua bici in fila. Lascia perdere, Fausto, questo ha da fare, ha altro che pensare a correre, deve scappare.»

Le mani di Cavanna erano calde, entravano dentro la carne come il fuoco. Si addormentò di botto, Coppi, in un momento. Sognò di essere alla stazione ad aspettare un treno. Quando arrivò non si fermò per niente e lui gli corse dietro tutta la notte. Il treno filava a due o tre metri, sempre avanti, e invece di un rumore di ferraglia che rotolasse sopra la rotaia, fuuum, fuuum di tubolari, strusciar di gomma. Passò tutta la notte a inseguire.

La mattina si rimise in moto per lo stesso giro e fu contento. Sapeva finalmente chi aspettare. Vediamo chi sei, vediamo cosa riesci a fare, oggi non mi stacchi. Oggi ti tengo d'occhio e non ti mollo. Sentiva dentro di sé una grande forza e con questa intatta arrivò all'appuntamento. Come sempre il bivio era deserto, come sempre si immise sulla strada e con le orecchie tese, ad aspettare.

I sogni sono brutte gatte da pelare, sono montagne immerse nella neve di maggio, da scalare, sono facce storte dall'urlo che intravedi giù per la discesa, con gli occhi che lacrimano per il freddo e la fatica. Sono lo Stelvio che ti mangia il fiato, che arriva piano piano e intanto ti ammazza, i sogni sono una donna che sorride, sono una ragazza con i fiori in mano dopo una vittoria. I sogni arrivano di botto, appena chiudi gli occhi e lasci andare i freni: sono anche un ragazzo biondo, con un maglione scuro e un'Aquila pesante, che arriva appena tu ci stai pensando e poi scompare. I sogni sono una bicicletta su cui non riesci a pedalare: sono tutto questo eppure i sogni non sono niente. Niente da fare.

L'aveva di nuovo davanti e non mollò. Fecero assieme il Padre, tutti i tornanti. Il ragazzo con la sua andatura forte e Coppi dietro. Oggi potrei anche superarlo, si disse, eppure gli si incollò alla ruota come fece una volta con Robic, sopra l'Aubisque; passò la cima, poi si buttò con lui giù per la discesa. Un diavolo era quel tipo, era un demonio, e Coppi ci mise l'anima per restargli dietro. Lo seguì sul piano, ad andatura alta e finalmente, quando la strada gira dopo il ponte e a destra si sale da Mongelli, quell'altro svoltò in basso per una stradina che portava dritto a un cascinale.

Coppi rallentò e lo guardò entrare. Allora si fece coraggio, scese dalla Bianchi e a piedi passò il portone.

Nel cortile anche il ragazzo era smontato e stava fermo su una porta a parlare, con una donna anziana, forse sua madre.

Ora mi presento, così vediamo, si disse Coppi e si fece sotto. Intanto si tolse il cappellino e si levò gli occhiali, come si fa tra le persone serie, si preparò ad allungar la mano per dire il suo nome e chieder spiegazioni.

«Buon giorno signor Coppi, l'aspettavo» disse il

ragazzo, e questo lo lasciò di stucco, e mentre ancora Fausto lo guardava cercando di capire il suo stesso stupore, quello entrò in casa, facendogli un cenno di invito per entrare.

Coppi mormorò uno «scusi» alla signora ed entrò nel buio che c'era all'interno; fuori la luce era di sole, così ci mise un attimo a vedere, ad abituarsi alla penombra della stanza; e vide, in questo modo, un po' alla volta, man mano che metteva a fuoco con lo scuro. Vide una cucina di decoro, ma povera, come ce n'è in campagna. Vide una madia che gli ricordò sua madre, dello stesso tipo che hanno tutti, da quelle parti, tutte le cascine hanno la madia e una dispensa con il vetro, fatta in ciliegio. E sull'altra parete vide le sue foto, e i titoli ritagliati dai giornali. Coppi trionfa al Giro. Il Re dello Stelvio. Un uomo solo al comando. Il Tour è nostro.

Poi vide una poltrona, e su questa, qualcosa che era difficile capire. Forse un uomo, forse qualcosa d'altro. Un essere dalla testa enorme, una fronte alta senza un capello. E due occhi di acqua sopra una bocca stretta. Due braccia tozze, e senza quasi gambe. La voce del ragazzo lo tolse dall'impaccio.

«Guarda, Felice, è venuto a trovarti il signor Coppi.»

Quell'essere seduto allungò piano la mano e toccò il Campione che si era avvicinato. Coppi sentì sopra di sé la sua carezza, il caldo conosciuto dell'ammirazione.

Fu allora, per lui, una cosa naturale, nel silenzio e in quella penombra, sfilarsi la maglietta di lana e dargliela com'era, sudata e stropicciata, forse anche stinta. Gliela porse e Felice l'accettò senza dir nulla, solo un leggero gemito lo colse, e una specie di sorriso sulla bocca, gli occhi sempre fissi sopra l'uomo.

Coppi si vide ritto in piedi, con il suo petto nudo, anch'esso strano, quel petto carenato da fagiano che se non fosse stato per la bicicletta sarebbe stato un insulto da portare. E allora fece un movimento, per vincere la pena che provava, per sé e per quella cosa sorridente che seduta, fisso, lo guardava: alzò solo una mano, piano piano, fece come un saluto e mentre usciva accettò il maglione che il ragazzo biondo gli porgeva.

«Grazie» gli disse questi, «grazie di tutto. Felice è un suo grande tifoso. Ascolta tutte le cronache alla radio e vuole che io gli legga sempre di lei, delle sue imprese. Parla solo con gli occhi, perché nel cervello ha l'acqua. Ma quando lei vince lui è proprio contento, guarda la radio come se lei fosse in casa, la guarda fisso e vede tutte le cose, le montagne, le strade, le fughe, ogni movimento.»

Coppi girò lo sguardo, imbarazzato.

«Non è mica il caso» gli disse. «Non si deve mica ringraziare.»

La campagna intorno era in silenzio e tra i due uomini il dialogo si era fermato.

Allora Coppi vide l'Aquila appoggiata al muro e si voltò verso il ragazzo a domandare.

«Perché non vai in bicicletta? Tu vai come un treno.»

«Ci vado tutti i giorni, giù fino alla fornace. E poi salgo dal Padre più in fretta che posso, perché mia madre è sola e ha bisogno per il mio fratello.»

«No, io volevo dire, perché non corri. Perché non corri in bici, saresti un campione» gli disse Coppi d'un fiato, senza più imbarazzo.

Il ragazzo fece solo un gran sorriso e rispose:

«No grazie, signor Coppi. Io faccio già abbastanza. A correre c'è lei, per tutti quanti. Lei è nato per vincere. Io per altro da fare.»

Disse così e fece un cenno al campione, e in un momento scomparve dentro la casa.

Tutto era in silenzio, attorno tutto era tranquillo. La

campagna sentì soltanto il rumore di Coppi che montava, soltanto Coppi fece rumore, mentre pedalava.

La Francia passò in fretta e le Sei Giorni in pista, con le riunioni, i soldi facili da mettere in cascina. In tutti quei giorni Coppi fece il suo mestiere, far girar le gambe e pedalare. Ma un pensiero fisso cominciò a picchiare, il pensiero che quel ragazzo fosse un campione, l'immagine di quella schiena sopra il Padre, e l'agile discesa, il piano veloce. Avrebbe dovuto parlare a quel demonio, convincerlo per il bene del fratello. L'avrebbe preso in squadra, l'avrebbe assistito, ne avrebbe fatto certamente un buon ciclista, agiato e rispettato come conviene. Avrebbe fatto felice se stesso e anche molta gente.

Tornò in Italia soddisfatto, con la convinzione che il futuro sarebbe stato meno amaro. Lasciar l'eredità dei suoi garretti a quel ragazzo biondo e al suo fratello. Così, appena ritornato a Castellania convinse Milano a uscire con la moto per un allenamento, gli disse che avrebbero allungato il giro fino dai Mongelli, perché aveva in serbo una sorpresa che avrebbe fatto felici tutti quanti.

Era il 14 di marzo e Coppi era contento, il bimbo Faustino cresceva ed era sempre più bello. Avrebbe presto avuto un altro figlio, qualcuno a cui spiegare la sua pena. Così pedalava con ritmo dietro al *derny*, Ettore Milano guidava di buona lena per mantener la gamba e il fiato tondo.

Fu sulla statale di Alessandria, le cronache ne parlano ancor oggi, che Coppi si accorse di una cosa nuova, che andava a trovare uno senza nome; che in tutta quella storia così strana, non aveva mai messo un nome a quel ragazzo. Ed era intento a cercar di ricordare se un nome glielo avesse detto veramente che non si accorse del trattore sulla strada, a Spinetta Marengo, sopra il rettifilo. Milano vide che sbucava da una carrareccia e con largo anticipò sterzò per evitarlo, convinto che il Campione fosse attento e seguisse la manovra in gran scioltezza. Invece Coppi era fermo sul ragazzo, cercava nella testa quale fosse il suo nome: prese in pieno il trattore, a tutta birra, e svenne senza un grido sulla strada.

Trascorsero giorni di apprensione, la botta fu grossa anche se niente era rotto. La commozione cerebrale infine si risolse e dopo un po' di tempo ci fu il ritorno a casa.

Solo molto più tardi, il giorno di dicembre in cui Coppi ebbe finito di parlare con Geminiani per andare in Africa, dove lo aspettava la caccia e la malaria, telefonò Mongelli per un saluto e la faccia del ragazzo ricomparve, improvvisa gli ritornò alla mente dalla nebbia in cui l'aveva affogata la botta repentina col trattore.

Si fece portare in macchina, stavolta, si fece accompagnare fino al Padre e dopo, giù dalla discesa, fermò alla cascina di Felice.

Bussò alla porta e nessuno rispose. Allora fece un giro verso i campi dove trovò un uomo che stava dando di zappa sulle zolle e a quello chiese notizie del ragazzo biondo, e della donna.

«Partiti» fu la risposta «da neanche un mese. La fornace ha chiuso e loro sono in Australia, a cercar fortuna come tanti. La terra è dura e le disgrazie pronte.»

«E quell'altro fratello?» domandò allora Coppi titubante. «Quello malato.»

«Felice. Lei vuol dire Felice? No» scosse il capo l'uomo. «Lui è rimasto quaggiù, lui non si è mosso.»

«E dove lo posso trovare, vuol essere gentile?»

Il vecchio si passò una mano sulla faccia, come a tirar via un po' della stanchezza. Intanto guardava fisso Coppi dentro gli occhi, lo guardò per molto tempo, senza parlare. Infine voltò il capo verso destra, fissando una collina, e assieme allungò un braccio e un dito e disse che era laggiù.

«Dov'è la quercia.»

Coppi ringraziò e si avviò di corsa, facendo cenno a Milano di aspettare. Dalla stradina si scorgeva l'albero e la distanza non pareva tanta. Passò il crinale e vide bene la quercia e dietro la quercia un muro sbrecciato. C'era un cancello di ferro, appena accostato. Lo spinse ed entrò dentro al recinto.

Non c'era un cortile, c'erano le croci, e alcune lapidi di marmo con piccole sculture. Era un cimitero minuscolo, di borgo, che dava tranquillità e tristezza, allo stesso tempo.

Coppi passò uno sguardo intorno senza fretta e vide subito spuntare la sua maglia. La maglia colorata delle corse era annodata attorno a una lastra di marmo. Sotto la lastra la terra fresca, appena compattata, con pochi fiori sopra.

Allora allungò la mano e alzò lentamente un lembo. Sulla pietra non c'erano foto, perché non è bene far le foto ai mostri.

C'era solo una scritta incisa, ripassata con cura in oro. Diceva:

RIPOSA

FELICE

ANGELO

IL CAMPIONE

Le traiettorie della vita

Nell'autunno del 1933 Jerôme Blanchot incontrò Enzo Ferrari sul circuito di Pescara. Si strinsero la mano e parlarono a lungo di auto e di piloti. Erano tempi di strade polverose, di macchine imponenti e robuste come armadi. Dai motori, sculture nere, quasi blocchi d'acciaio tagliati con la scure, si alzavano rumori che nascondevano decine di cavalli di potere. Incredibile pensare che così imponenti lamiere potessero spostare aria a sufficienza per trascinarsi veloci sopra ruote enormi e dure come il marmo.

La Scuderia Ferrari era nata da poco, poco più di un garage a Modena, in viale Trento Trieste, con quattro Alfa Romeo rosse a girare per le piste in cerca di gloria. Ferrari aveva smesso di guidare, per il futuro di suo figlio Dino che futuro non ne avrebbe avuto molto, e aveva preso con sé i migliori assi del tempo, venuti via dall'Alfa quando la casa madre aveva chiuso la porta alle corse: Nuvolari e Varzi, basterebbero questi nomi a spiegare perché la gente cominciò subito ad amare il nome scritto sotto il cavallino di Baracca.

Forse fu anche per questo che Blanchot, quel pomeriggio a Pescara, parlò al modenese di un pilota che era ancora un ragazzo ma che, così disse a Ferrari, «aveva un piede come una bomba eppure passava sulla pista con il pennello di un pittore». Il padre era un francese andato in Algeria e la madre una donna spagnola, molto affascinante. Da questa ibridazione era nato un figlio che aveva respirato in Africa e a Parigi, bevuto latte spagnolo e visto i tramonti del deserto. Bastò una stretta di mano, bastò un momento.

Qualche settimana dopo, in viale Trento, Ferrari si trovò davvero davanti un ragazzo, foulard al collo e giacca di pelle. Teneva la sigaretta in mano come fosse un lapis, e questo a Ferrari non parve cosa educata. Ma aveva modi gentili e fieri allo stesso tempo, e non troppe parole, come si conviene tra chi deve affidarti una macchina e chi la deve guidare. Non si dissero molto, perché anche il modenese era misurato nel parlare e probabilmente onorò la stretta di mano con Blanchot soltanto per rispetto alla competenza di un uomo che stimava. Il ragazzo, lui si chiamava Guy Moll e gli era sconosciuto, ma si prese un'Alfa di Ferrari e andò a Montecarlo, il 2 di aprile del '34, per la corsa.

La pista non era cosa facile, come non lo è neanche oggi. Erano tre chilometri e centottanta di saliscendi, come una giostra, ma senza le chicane che hanno disegnato dopo. I piloti infilavano le stradine con i bolidi da settecentocinquanta chili, con enormi volanti da girar di forza. Non le diavolerie elettroniche di oggi, roba da maghi. Piuttosto leve e martelli, schizzi di olio e grasso da spalmare, occhiali enormi da aeroplano sopra cuffiette che poco potevano riparare.

Guy non fece grandi cose nelle prove, ma aveva gente famosa davanti, vecchi volponi, e lui invece era appena un novellino. C'era il conte Trossi, altro Ferrari, che fece il tempo sul giro, e Chiron, *enfant du pays.* Varzi, già mito, e Dreyfus sulla Bugatti messo accanto a Trossi sulla prima linea. Sei Alfa Romeo, cinque Maserati e quattro Bugatti, questo c'era sulla pista e partirono per fare cento giri, mica uno scherzo. Su quell'ottovolante, rasenti le case, ingoiavano lo spazio come niente, schiacciavano il tempo appoggiati sopra sedili enormi, protetti solo dal vento. Vento e fatica.

Dreyfus prese presto la testa e restò davanti a lungo, incalzato da Chiron che si faceva sotto. Al muretto, Ferrari cominciò a tenere d'occhio il ragazzo vedendolo un po' incerto, certamente all'inizio ebbe anche paura. A Montecarlo ci vuole il coraggio e assieme al coraggio anche la forza perché dopo un'ora di corsa non senti più gambe e mani, non esiste più niente, ti avvolgono solo il rumore e lo schiaffo dell'aria e, specialmente se hai la faccia di un ragazzo, la velocità si diverte a massacrarti.

Ma dopo i primi giri si accorse che Guy si rinfrancava, che il rumore dell'Alfa era più pieno, come quando uno ride contento per una bella giornata. Gli sembrò di sentirlo uscire da un boato salito dal fondo del rettifilo. Così si mosse dal box e andò laggiù, al gasometro, alla curva stretta, e fu allora che gli si schiantò il sorriso, quando vide il suo pilota arrivare come un folle, con la gente in tribuna che gridava aspettando l'uscita certa dalla strada, aspettando il botto e l'esplosione. Anche Ferrari ebbe quella sensazione, che fosse spacciato, per il muso puntato sull'interno, per il rombo troppo alto del motore senza stridio di freni a toccar le ruote.

Per istinto andò con un occhio al viso di Guy, che invece gli sembrò tranquillo, anzi colse quasi un sorriso sul volto inclinato a seguire la strada. Vide la macchina sbandare, fare la barba al palo interno di quella curva tremenda e poi presentarsi dritta e in posizione adatta a ingoiarsi velocemente il rettilineo.

Fa come Nuvolari, pensò Ferrari, fa come Tazio, quell'inconfondibile scivolata che solo lui sa fare e che è coraggio, sfida e disinvoltura, il segno di chi ha dentro la classe di un artista. Tornò eccitato all'arrivo per assistere alla gara, sicuro d'aver riconosciuto la stoffa di un campione, sicuro di averlo capito.

René Dreyfus intanto era passato, ma prima di lui volava Chiron, verso la vittoria. Louis Chiron era monegasco, e ora che la corsa andava finendo e il tempo rotolava avanti senza sosta, addirittura salutava la folla urlante dietro le transenne, agitava la mano al Mirabeau in segno di festa e a St. Devote mandò anche un bacio verso gli spalti.

Ma intanto Guy scivolava sulle curve, avanzava ballando il suo tango accelerato tra le salite e le discese della pista. Lo dicono le cronache, per Chiron fu un colpo quando se ne accorse, quando vide la gente agitarsi non per un saluto ma per la sorpresa, per lanciare l'allarme di quella cosa rossa che gli stava arrivando addosso, quasi tuonando.

Quell'uomo tradì la sua pur consolidata fama di campione, forse si emozionò per il rumore alle spalle, forse fu semplice sventura, ma all'ultimo giro, sulla discesa al Mirabeau dove prima salutava, prese una macchia d'olio e scivolò dritto dentro i sacchi di sabbia. Al traguardo giunse solo Moll e fece appena un sorriso ai meccanici, alla gente. E a Ferrari, che gli correva incontro domandandogli dove diavolo avesse imparato quella curva da pittore, dette una risposta spavalda, degna di chi danza con le macchine a quel modo.

«In Africa, da bambino, *monsieur*, guidando i cammelli.»

Ma fu durante la corsa del Montenero che il ragazzo entrò nel cuore di Ferrari e gli gelò per sempre il sangue per quel che seppe mostrare.

Partito come un razzo dietro a Varzi, suo compagno di squadra, Moll lo infilò all'esterno di una curva come se non facesse altro da tempo. In pochi giri lo staccò di netto, e si parla di Varzi Achille, mica di altri. Successe poi che al ragazzo scoppiò una gomma e dovette rientrare al box per la riparazione.

Ferrari intanto era diviso tra l'entusiasmo per quel suo nuovo pilota che faceva meraviglie e la preoccupazione per la risposta dell'altro, il campione, teso ed egoista come ogni cavallo di razza. Avrebbe voluto dire qualcosa a Moll ma lasciò stare, la sfortuna lo aveva già ritardato ed è buona norma per un saggio caposquadra non girare troppo il coltello nella piaga.

Ma non calcolò la furia, la voglia di arrivare del ragazzo che ripartì dal box in un momento e dopo un giro fu di nuovo a razzo addosso a Varzi a battagliare. Achille era un fuoriclasse e non era certo disposto a lasciare il passo libero al secondo. Chi vide quei due guidare, quel giorno vide cose belle, il maestro scodare e rubare a fatica lo spazio all'altro pilota che intanto arrivava disegnando traiettorie mai pensate, entrando e uscendo dalle curve senza un errore, senza esitare.

Ferrari allora decise per i due, da caposquadra. Si disse che non è bene rischiare vita e vittoria tra compagni, non c'è morale nel farsi la guerra tra fratelli, questo è sbagliato. Insomma, non era cosa da fare. Così preparò il segnale "rallentare", convinto di mostrarlo a Guy quando sarebbe passato.

Con questi pensieri e con il cartello in mano vide Varzi arrivare rombando e dietro Guy Moll che lo incalzava. Ma a metà della curva, quando ormai il primo era sfilato, la macchina di Guy iniziò a ballare, partì a trottola in un valzer pazzo, roteando tra la testa e la coda verso lo schianto, ma invece che col corpo irrigidito dal terrore, il ragazzo passò davanti al box in giravolta e girando fece verso Ferrari quasi un saluto: vide il cartello e capì il da farsi e allora con la mano, sempre ballando, lo rassicurò di tutto. Non valeva la pena, certo. Aveva capito. Chiuse il testacoda con un colpo di sterzo e ripartì dritto e tranquillo per finire dietro a Varzi la sua corsa.

Ferrari rimase incredulo al muretto: mai aveva visto fare quelle cose, mantenere la freddezza, la calma e, ancora, la ragione, mentre il mondo ti gira attorno a cento all'ora. Capì, e fu certo della classe da campione, capì cos'era quell'uomo ma nello stesso tempo ebbe un brivido che lo lasciò più triste. Perché il pericolo non stava nella sua bravura, ma nella pochezza degli altri al suo confronto, nel genio con cui disegnava le curve che avrebbe cozzato contro la mediocrità che gli correva accanto.

Con l'animo appesantito per questa sensazione, quasi da padre, Ferrari andò da Guy al box, dopo la corsa. A complimentarsi certo, ma anche a parlare di quello che aveva sentito in fondo al cuore. I meccanici riponevano le cose e l'atmosfera era allegra. Guy, appoggiato con una spalla al muro, li guardava e nella mano aveva una sigaretta, tenuta come un lapis, in punta di dita. Ferrari lo guardò negli occhi e gli disse: «Bravo, ma attenzione a quello che fai perché attorno a te c'è il mondo e il mondo è limitato, fatto di cose banali e spesso cattive. Cerca di considerarlo e di calcolare dove inizia la curva e dove vai a finire, chi hai di fianco, chi ti sta a guardare».

Moll lo guardò attraverso il fumo grigio che gli girava attorno e fece con la sigaretta un segno vago per l'aria.

«Io faccio solo traiettorie, *monsieur* Ferrari, e cerco di disegnarle nel modo che mi pare giusto. Appena fatte scompaiono senza lasciare traccia. Come la mia sigaretta. Non posso far altro che girare in questo modo, faccio la mia strada tirando una boccata e dopo lascio andare il fumo libero nel cielo, che vada dove vada.»

Appena poche settimane dopo i piloti erano a Pescara per il Gran Premio, per la Coppa Acerbo, ed era agosto. Guy faceva girare l'Alfa verso Montesilvano, disegnando le sue traiettorie sulla strada. Non si seppe mai come fosse andata, proprio come il fumo nel cielo, non si riuscì neppure a seguire le tracce di quell'avvenimento. Rimasero solo le parole confuse di Ernst Henne, che gli era davanti sulla sua Mercedes argento e lo sentì arrivare, sentì la macchina urlare, Guy che lo passava girando su se stesso. Come fosse in un sogno vide che se ne andava. L'Alfa si rovesciò sul ciglio e il ragazzo si fermò su quella strada, per uno strano destino. Si fermò per sempre a Pescara, proprio dove Blanchot ne aveva parlato.

Ferrari continuò la sua vita di organizzatore, la storia è nota, fece nascere altri piloti e vide altra gente arrivare e andare, e forse si comportò proprio come un padre, anche se qualcuno lo definì un Saturno cattivo. Padre fu davvero di un figlio, Dino, per il quale, abbiamo detto, cessò di fare il pilota con scelta razionale.

Dino era malato e morì presto. Ebbe una nefrite virale che lo tenne a lungo a letto e al suo capezzale il padre lottò con lui per mesi, usando la ragione. Probabilmente si convinse che il figlio fosse come una sua macchina, un suo motore, e fosse possibile aggiustare il meccanismo che aveva solo qualcosa da revisionare. Teneva dei quaderni, Ferrari, su cui fece il programma di cura, su cui riportò i valori e le analisi, compilò liste e diagrammi, tracciò grafici. Disegnò curve.

La sera del 30 giugno del '56 scrisse un'ultima frase: "la partita è persa", e chiuse l'agenda come a fine corsa. Annotò la data e mentalmente calcolò l'età: erano ventiquattro anni. Come Guy Moll, pensò. La stessa età di Guy.

Forse fu per quel pensiero o per quello che di magico hanno le combinazioni che nascondiamo nella nostra testa, e non vediamo, e non vogliamo vedere ma, uscendo dalla stanza dove Dino giaceva, Ferrari vide appoggiato con una spalla al muro il dottor Santoni, in mano una sigaretta tenuta come fosse un lapis.

In quel corridoio quasi buio, l'ultima luce che entrò dalla finestra colpì il fumo che saliva, e Ferrari vide che salendo ballava, ruotava, in una danza infinita, faceva curve nell'aria, girava, fuggiva e disegnava in cerchi e ghirigori le fragili traiettorie della vita.

Gli invincibili

Essere immortale è cosa da poco…
J.L. Borges

Il pomeriggio del 4 maggio 1949 don Tancredi Ricca entrò nella sua stanza al primo piano della Basilica di Superga. Versò un po' d'acqua nel catino della vecchia toeletta smaltata e se la gettò a mani giunte sul viso. Si sentiva affannato e con il fuoco sulla pelle come se, invece di aver trascorso le ultime ore tra le mura di quel secolare convento, avesse fatto una lunga corsa all'aperto e la sua faccia fosse stata bruciata dal sole e dal vento. Si asciugò con meticolosità, tirò un profondo respiro, quindi si sedette sul letto portandosi il dorso della mano alla fronte, nel gesto abituale di chi voglia saggiarsi la temperatura. La pelle era fresca, eppure la sensazione di calore non lo abbandonava. Si alzò, andò alla finestra e guardò fuori, verso le colline dell'astigiano: la pioggia e una nebbia bassa sembravano opprimerlo ancor più.

In quel momento pensò a sua madre, sentì chiara la voce di lei risuonare nella stanza e per un attimo fu anche certo di avvertire una mano che lo accarezzava. Come sarebbe stato bello ammalarsi, pensò, avere un febbrone da cavallo e potersi abbandonare sotto le coperte ad aspettare che quella mano arrivasse davvero a portargli una carezza. E la voce a rincuorarlo. L'avrebbe attesa con gli occhi chiusi, avrebbe aspettato il momento in cui lei gli avrebbe tastato il polso e poi, sollevato il lenzuolo stropicciato, con pochi tocchi abili lo avrebbe tirato sopra di lui nascondendogli il mondo per un attimo, e allora tutto sarebbe stato ammantato della stessa luce bianca di lino, fino a quando, con una mossa fatata, sarebbero riapparse le pareti della stanza e la vita gli sarebbe ricomparsa ancora lì davanti, piana e ordinata.

Rimase ancora un momento fermo su quei ricordi lontani e girò lo sguardo intorno a sé come se guardasse per la prima volta le poche cose che lo accompagnavano da ormai molti anni: il piccolo tavolino di ciliegio che fungeva da scrivania, l'inginocchiatoio per la preghiera, la toeletta smaltata, il letto su cui era seduto e, appoggiata al muro accanto alla porta, la libreria, i suoi cari libri sui ripiani. Quelle umili cose parevano aspettarlo, mute e uguali, giorno dopo giorno. Pensò al mondo di fuori, alla guerra che era da poco passata, a quella promessa di vittoria che a molti aveva lasciato in premio una vita spezzata, miseria, rovina. Era crollato mezzo mondo, ma le sue poche cose erano rimaste allo stesso posto, assieme a lui, giorno dopo giorno ad aspettare che la bufera passasse, e lui gliene era grato.

Si alzò lentamente, andò verso la scrivania e vi passò sopra il palmo della mano come per togliervi un velo di polvere, ma dentro di sé sorrise, perché sapeva che la stava accarezzando. Poi si mise di fronte alla libreria e uno a uno toccò con l'indice le coste dei volumi, e per ognuno si fermò un attimo come per un appello: Balzac, Stendhal, Bernanos, Petrarca, Leopardi, Manzoni... ogni nome era come stringere la mano a una persona conosciuta, un vecchio amico con il quale si è condiviso un tempo bello, e il lento ricordare, lo scorrere con delicatezza le storie familiari, gli calmò il respiro e don Ricca sentì che il fuoco stava abbandonando il suo viso e per un attimo forse si sentì felice.

Fu quando arrivò a Borges che l'inquietudine riapparve: come ci era finito tra Cervantes e Lazarillo quel volume dalla costa rovinata? E poi, quel titolo così strano: *Gli invincibili*. Lo estrasse delicatamente. La copertina era bianca e lacerata, con bruciature scure, come se una fiamma l'avesse violata. Proprio non si ricordava di aver mai letto nulla di quell'autore e neppure si rammentò di averlo ricevuto da qualche confratello con il quale era solito scambiarsi le letture. Così fu assalito dalla curiosità di capire. Andò alla scrivania, accese la lampada, poggiò con delicatezza il libro e lo iniziò a sfogliare. In testa a pagina 43, annerita dal fumo, si intravedeva una parola che era probabilmente il titolo di un racconto, le cui prime frasi dicevano:

"Chi sfoglia i giornali ogni mattina lo fa per dimenticarli, oppure per il dialogo casuale del pomeriggio, e perciò non è strano che ormai nessuno ricordi, o ricordi semmai come in un sogno, quello che accadde il pomeriggio in cui il modesto redattore che io sono ebbe la ventura di scrivere la cronaca per la quale è da allora obbligato a raccontare continuamente la storia della sua morte. E chiunque abbia in sorte, un giorno, di leggere queste mie poche righe, non pensi a un artificio o a un errore; voglio dire non più di quanto sia errore o artificio la vita stessa di tutti noi."

La prima tentazione di don Ricca fu quella di chiudere il libro e passare ad altro. Quel tipo di storie lo avevano sempre inquietato e proprio oggi non gli sembrava il caso di procurarsi altra agitazione: ne aveva già troppa di sua, e di quella peggiore, di quel tipo feroce di cui non si conosce il motivo e la ragione.

Che diamine, la morte è morte, pensò, e forse neanche nella finzione è bene sovvertire troppo l'ordine del mondo. Eppure non mise via il volume ma, proprio perché spesso sono proprio le cose che ci inquietano ad attrarci, rimase con quelle pagine aperte davanti quasi stesse aspettando il coraggio finché, dopo qualche minuto, chinò lo sguardo e continuò a leggere.

"Il mio nome, per quanto possa servire conoscerlo, è Luvanor Cruz, e sono cronista sportivo de 'El Grafico' di Buenos Aires. Non vi tragga in inganno l'apparente pochezza di questo mestiere: raccontare le gesta degli atleti è esercizio di epica non meno del commentare le storie di Ulisse e della sua Itaca. Ho amato Shakespeare e Brahms per l'infinita varietà del loro mondo, e se ho speso il mio tempo a descrivere il gioco sublime di Schiaffino, si sappia che vi ho spesso trovato lo stesso impagabile piacere provocato dalla lettura di un verso o dall'ascolto di una sinfonia. Del resto non occorre essere letterati per vedere, nelle traiettorie percorse da una palla calciata da Di Stefano, la commovente perfezione di un endecasillabo. Secondo Freybart il gioco è altrettanto serio della vita, cosicché spesso essi si confondono tra loro e diventano la ragione stessa per cui alcuni uomini si ostinano a correre dietro a una palla, altri a decifrarne il senso. Cercarne le oscure motivazioni mi appare adesso uno sforzo inutile; piuttosto conviene limitarsi a raccontare.

"Quanto a me, quindi, ho ben fisso nella memoria il giorno d'autunno del '48 in cui Alvaro Mendez suonò alla mia porta.

" 'Ti voglio mostrare cosa vuol dire giocare al calcio' mi disse, invitandomi a scendere in strada con un gesto della mano. Durante il tragitto in auto verso lo stadio del River non fece più parola.

"Quella era la mattina in cui per la prima volta Pepe

Minella avrebbe preso le redini della squadra. Aveva obbligato il presidente a cedere Pedernera per lasciare il posto al giovane Di Stefano. Dall'alto degli spalti, tra gli altri cronisti vocianti, vedemmo arrivare Minella e piazzarsi in mezzo al campo e, come un direttore d'orchestra, disporre la squadra con cenni decisi: ordinò a Moreno di mettersi alla destra, e a Labruna indicò la sinistra; poi fece un gesto a Di Stefano e questi si dispose al centro dell'attacco. Dopodiché l'allenatore batté le mani e la giostra del gioco iniziò a girare. Fu come vedere un perfetto orologio scandire i passi del tempo, e dunque della nostra vita, i movimenti coordinarsi magicamente e la corsa prendere senso, scivolare guidata dalle urla di Moreno, animare la sfera di cuoio che, passando tra i piedi degli uomini, dava infine vita alla danza di Di Stefano. Una dopo l'altra, le reti arrivarono come esito inevitabile di una ragione più forte. Era una squadra formidabile. Su questi fogli, oggi, scrivo che la visione di quella perfezione fu probabilmente la causa di tutto.

"Qualche mese più tardi, seduto sugli stessi spalti, assistevo all'ultima vittoria del River Plate che sanciva la conquista del campionato di quell'anno; Alvaro Mendez e Benito Laprida discutevano animatamente, creando e disfacendo teorie sulla invincibilità di quella squadra. La disputa, partita da basi concrete come la velocità di Espineda e la precisione del tiro dell''Aleman', aveva imboccato direzioni impreviste e, allargandosi, stava prendendo una piega filosofica che mi attrasse in modo irresistibile. Laprida, svedese da parte di madre (una Svennson di Uppsala), citò persino un logico settecentesco di quelle parti, tale Lars Erfjord, secondo il quale l'invincibilità è espressione di una funzione matematica tendente a infinito. Mendez citò i Salmi: parlò di Davide e delle misteriose teorie degli Esseni.

"Con maggiore concretezza, l'indomani io salii le scale de 'El Grafico' per domandare al direttore Jorge Alvarez l'autorizzazione a realizzare un'indagine sulle più forti squadre di football del mondo: descrivere la loro organizzazione, conoscere le personalità dei calciatori, imparare le strategie per raccontare a tutti il segreto dell'invincibilità.

"Quante volte, in seguito, ho ripensato a quel momento, all'entusiasmo con cui esposi la richiesta ad Alvarez dal quale, ora lo ammetto, avrei preferito una risposta più consona alla sua esperienza che non alla mia ingenua ambizione di giovane cronista. Egli invece accettò di buon grado e mi costrinse, dunque, a questo viaggio verso la rovina.

"Con Mendez parlammo a lungo di come concertare il servizio e concordammo un giro in Europa.

" 'Comincia da Torino, in Italia' mi disse con sicurezza 'c'è una squadra fortissima che in questi anni è imbattibile.'

"Il foglio che mi mostrò era una tabella ritagliata da 'Futbol Internacional': quella squadra aveva vinto gli ultimi quattro campionati disputati ed era imbattuta in casa da oltre ottanta partite.

" 'Ecco Luvanor' mi disse Mendez salutandomi, 'il segreto dell'invincibilità passa da quella squadra. Vai a vedere come.'

"Sulla scaletta dell'aereo mi fermai un momento a respirare l'aria di Baires: era il 2 aprile del 1949, il cielo era incredibilmente terso e un sole accecante picchiava sulle ali di lamiera abbacinando gli occhi. Voltai lo sguardo per proteggerli da tanta luce e lessi sulla carlinga che l'aeroplano si chiamava *Icaro*."

Quasi fosse stato anche lui accecato dal sole, don Tancredi Ricca cessò di leggere e si strofinò gli occhi: il baluginare della lampada da tavolo gli rimase impresso sulla retina e un curioso caleidoscopio di luci gli apparve sul tavolino. In mezzo a quelle luci gli sembrò di vedere la scritta "Icaro" stagliarsi sulla carlinga di un aereo risplendente sotto il sole, un aereo che nel cielo aveva preso la direzione di Torino. Proprio qui, pensò, tra tutte le strade del cielo ce n'è una che dall'Argentina viene qui. A cercare il cielo. Sorrise. Ma il cielo di Torino quel giorno era plumbeo e accecato dalla nebbia.

Il cielo non appartiene agli uomini, disse tra sé, e le squadre invincibili sono solo undici persone che ne fanno sognare altre. Che fanno scordare il freddo e la paura.

Così, sorridendo, don Ricca continuò la lettura.

"Torino mi sembrò una signora elegante che nascondesse con dignità i denti che le mancavano: erano case distrutte dalla guerra e strade ancora piene di buche. Rimasi deluso. Forse pensavo che una squadra così forte doveva essere nata in una città d'oro. Invece era grigia e imbronciata. Anche lo stadio degli invincibili era poca cosa, stretto in mezzo alle case che non lo lasciavano respirare. Aveva un nome bello e greco, Filadelfia, e io a Buenos Aires me l'ero immaginato come un immenso Colosseo sfavillante di marmi; invece era solo una piccola scatola grigia, dello stesso colore delle fabbriche di quella città. Ma la domenica diventava un vulcano gonfio di lava granata, ricolmo di urla e di suoni. Il più squillante di tutti era una tromba, una tromba che a un certo punto suonava la carica, e davvero gli uomini con la maglia granata, sul prato, partivano all'attacco e per qualche minuto il paradiso era lì.

"La prima volta in cui vidi il cielo scendere al Filadelfia il Torino giocava contro la squadra di Novara. L'addetto del club che mi aveva accompagnato mi spiegava tattiche, formazioni, compiti, organizzazione. La squadra mi parve subito molto compatta e il gioco fluido, ma non mi sembrò irresistibile come raccontava la sua fama. Anzi, dopo qualche minuto gli avversari marcarono anche una rete, ma il pubblico e il mio cicerone sembravano non dare nessuna importanza al fatto.

" 'Vedrà' diceva, 'vedrà quando inizieranno a giocare.'

"Sul mio taccuino, lo stesso sul quale ora sto scrivendo, registrai: 'Nota per Mendez: che l'invincibilità passi per la sconfitta?'. Confesso che la mia presunzione di giovane mi spinse a vergare quella considerazione (ora, nel momento in cui scrivo, la definisco ovvia); a mia discolpa porto la complessità che la grandezza reca con sé, difficilmente percepibile da chi vi si accosti senza umiltà. Non fu la stessa domanda che si pose Teseo davanti al Labirinto?

"Io venni da Buenos Aires convinto di aver già capito. Capii invece più tardi, poco dopo l'inizio del secondo tempo, quando la tromba di Bormida (così mi dissero si chiamava il trombettiere) suonò la carica nello stadio e attraverso tutte quelle migliaia di corpi passò il brivido che provoca l'inevitabile.

" 'Ecco' disse il mio Virgilio 'ora Valentino dà l'attacco.' Allora compresi quale fosse il gioco e quale il senso del giocare. Sentii le urla di Bacigalupo superare quelle della folla sugli spalti, e vidi la palla andare e venire tra Gabetto, Loik e Mazzola, nello stesso modo come si vede fare nei sogni. Vidi la forza e l'allegria, l'arte e la poesia; di fronte alla bellezza commovente della perfezione compresi il vuoto assoluto che prova chi vede sfuggirsi il mondo di mano, perché in quindici minuti, così leggo ancora sul mio taccuino, in soli quindici minuti furono segnate quattro reti, e l'avversario si arrese.

"Quella sera, nel silenzio della mia stanza, annotai tra gli appunti del mio lavoro: 'Oggi ho visto come talvolta tutti i punti dell'universo possono essere compresi in un gesto che, apparentemente, è solo un volgare calcio a un pallone. Ho provato infinita venerazione, e infinita pena. Ma non saprei spiegare...'.

"Non starò a dilungarmi oltre. Per tutto il mese seguii la squadra e i giocatori, tentando di comprendere quale fosse la causa particolare di quella forza. Intervistai i calciatori, i dirigenti, gli addetti della Società e tanti altri. Come l'Abenjacan delle favole arabe, cercavo il segreto della vita domandandolo agli uomini, e ne restavo lontano: le pagine del mio taccuino si riempivano di parole, ma la mia inchiesta era una fonte secca.

"Da Buenos Aires Mendez mi telegrafò per avere notizie e qualche ragguaglio sul pezzo che avrei dovuto scrivere: Alvarez stava scalpitando. Io promisi di mandare un primo articolo il prossimo 4 maggio. Il giorno prima avrei seguito la squadra a Lisbona, dove si sarebbe giocata la partita d'addio al grande Ferreira del Benfica. Trascorsi la notte antecedente la partenza guardando e riguardando le incredibili cifre che testimoniavano la supremazia di quegli invincibili, forse nella speranza di intuire l'equazione di cui parlava il logico svedese."

Don Tancredi Ricca ebbe un sussulto: non era oggi il 4 maggio? *Quel* 4 maggio? I pensieri nella sua testa si confusero all'improvviso, i numeri si accavallavano e gli sembrò di averne perso il conto. Chiuse il libro e guardò la copertina, lo girò e lo rigirò tra le mani con apprensione. Cercò una data stampata, da qualche parte, un colophon, qualcosa che gli indicasse l'anno di edizione, ma le bruciature impedivano di capire. Con il cuore in tumulto lesse le ultime righe del racconto:

"Il Torino concesse a Ferreira e alla sua squadra l'onore cavalleresco della vittoria e l'incontro terminò in favore dei portoghesi. Anche quella sconfitta fu un trionfo, di generosità. All'aeroporto di Lisbona mi soffermai in una libreria: ero di pessimo umore e cercavo qualcosa da leggere per far trascorrere quelle ultime ore prima di scrivere le mie difficili pagine per 'El Grafico'. In bella vista, su uno scaffale mi attendeva un libro del mio connazionale Jorge Luis Borges. Si intitolava *Gli invincibili*. Lo acquistai senza indugio: ho sempre ritenuto che siano i libri a scegliere i lettori e non viceversa. Sull'aereo mi sistemai nell'ultima fila, assieme ai colleghi italiani. Osservavo tutta la squadra da dietro, quasi in un ultimo tentativo di comprendere il segreto della sua invincibilità. Lo appresi poco dopo, non appena iniziai a leggere il mio libro. A pagina 7, al primo capoverso era scritta la soluzione che cercavo: 'L'inconsapevolezza della morte rende immortali gli esseri. Essere immortale è cosa da poco. Tranne l'uomo, tutte le creature lo sono'.

"Il passo che avrebbe segnato l'invincibilità di quegli uomini era dunque minimo, legato appena al volo di quel fragile aereo che ci avrebbe portati, ora mi era chiaro, verso la sciagura dell'immortalità..."

Don Ricca non riuscì a leggere altro: una forte emozione gli strinse la gola. Sentì nuovamente il fuoco bruciargli il viso e il fiato rompersi nel petto; allora si alzò e corse alla finestra per respirare un po' d'aria fresca. Fu in quel momento che vide l'aereo sbucare, un'ombra enorme e nera saltare di getto fuori dalla nebbia, e andarsi a schiantare poco più oltre, sul muro della Basilica.

Quello che si verificò in seguito avvenne come in un sogno. Il cielo diventò rosso fuoco, appena dopo che un tremendo boato ebbe riempito l'aria. Don Ricca corse fuori come un matto, arrivò per primo a quei rottami e cercò di avvicinarsi. Dal villaggio di Superga, intanto, già salivano le prime persone, spaventate, urlanti. Da sotto un pezzo di un'ala qualcuno estrasse una valigia. L'aprirono e dall'interno uscirono alcune maglie di color granata, lo scudetto tricolore appuntato sul petto. Le grida aumentarono e, assieme alle grida, anche i pianti disperati di chi capì in quel modo l'identità dei passeggeri.

Don Ricca non aspettò che aprissero quella valigia per capire. Andò versò il relitto, con il respiro tagliato, girò attorno alla coda piantata nel muro come un enorme chiodo e, vicino ai resti del portello semiaperto, raccolse qualcosa ancora mezzo fumante, bruciacchiato.

Era un libro di Jorge Luis Borges, dalla copertina bianca, malridotta e annerita dal fumo. Il titolo, ancora decifrabile, era *Gli invincibili*.

Passerotto

La mattina del 20 gennaio 1983, Jesus João Da Costa arrivò all'Ospedale Neurologico Alto Boavista in perfetto orario. Era il suo secondo giorno di lavoro come infermiere e non voleva correre il rischio di essere in ritardo. Anche se mancavano ancora quindici minuti alle sei, aveva già attraversato tutta Rio, cambiando due linee di bus e percorrendo a piedi gli ultimi metri. Giunto davanti al grande portone, si fermò un istante, fece un respiro profondo e sollevò gli occhi lungo la parete di quella massiccia costruzione che pareva un gigante; quindi, come se stesse tuffandosi nell'acqua gelata, entrò nell'atrio di corsa. Quando fu di fronte all'apparecchio per la timbratura vide il suo nome stampato sul cartellino di servizio e si sentì felice: ripensò ai molti anni di studio, alla vita dura, a tutti i sacrifici sopportati per ottenere quel lavoro che adesso era lì, vero, su un cartoncino rosa con il suo nome scritto in nero.

Si cambiò in pochi minuti e quindi si presentò in corsia, pronto a raccogliere le consegne per il prossimo turno. Ascoltò con attenzione Alberto Nunes Coimbra raccontare quello che era accaduto nella notte e raccomandargli quanto avrebbe dovuto fare subito: controllare le terapie, eseguire i prelievi urgenti, portare alcune persone in radiologia, occuparsi di un paziente deceduto.

Jesus annotò tutto mentalmente, chiese consiglio ad alcuni colleghi e scambiò qualche parola con loro. Nel giro di pochi minuti fu talmente concentrato sul lavoro che il resto del mondo si cancellò attorno a lui, come se egli stesse vivendo in un sogno. Per questo, quando si trovò di fronte all'uomo in lacrime, nella camera n° 7, non fu in grado di rendersi conto con precisione da quanto tempo fosse rimasto lì, immobile, senza saper cosa fare, continuando a guardarlo esprimere, in quel pianto senza rumore, un dolore che pareva immenso come il mare.

Nei corsi professionali, nelle scuole preparatorie, l'infermiere studia le tecniche migliori per affrontare le situazioni più spiacevoli e amare. Ma forse per inesperienza, o forse perché il silenzio dava al pianto di quell'uomo una forza assoluta, Jesus rimase quasi pietrificato, ammutolito, a guardare. Fu invece l'uomo in lacrime ad accorgersi di lui e a rivolgergli le prime parole.

«Non sono stato capace di custodirlo» disse. «È tutta mia, la colpa.»

L'infermiere provò un grande senso di pena. Non solo per il viso pallido e gonfio che spuntava dalle lenzuola, ma soprattutto per il contorno di quella scena, per la vernice del letto mezzo scrostata, per la luce fredda della lampada al neon, per le povere cose che erano rimaste sul comodino: una mela, una bottiglia d'acqua e una vecchia radiolina. Allora cercò dentro di sé una frase o un gesto per rompere l'imbarazzo, andò verso il cadavere, staccò la cartella dal fondo del letto e lesse: "Manuel Francisco dos Santos, anni 50 – Pau Grande". Scorse velocemente i dati clinici e si rifugiò nell'espressione più professionale che conoscesse, la voce chiara, il busto eretto: «Purtroppo non c'è stato niente da fare, non credo sia stata colpa di nessuno, signore. Era molto malato».

Ma l'uomo in lacrime non sembrò aver ascoltato quella banale giustificazione.

«Avrei dovuto custodirlo meglio» disse. «Mané era come un bambino.»

Quindi si voltò a guardare il morto, e dai suoi occhi, che a Jesus parvero dell'azzurro del cielo, uscirono due lacrime grosse come noci. Allora si passò lentamente una mano sul viso e se le asciugò, poi continuò a parlare. La voce era un velo.

«Quando cominciai a seguirlo era davvero un bambino, avrà avuto cinque o sei anni» disse, questa volta guardando in faccia l'infermiere come se volesse svelargli un segreto.

«Avevo finito di custodire un vecchio, nel Minas Gerais, ed ero ancora in cerca di qualcuno. Siccome non ero mai stato dalle parti di Rio decisi di cercare quaggiù e strada facendo arrivai a Pau Grande, verso la foresta. Cinquant'anni fa era ancora peggio di adesso e polvere e miseria si mangiavano tutto. Salvo quello che annegava nel fango, dopo la pioggia. Il giorno in cui arrivai le strade erano piene di bambini che giocavano come giocano tutti i bambini brasiliani. Con una palla fatta di stracci. Fu così che incontrai Mané.»

L'uomo sembrò rinfrancato da quel raccontare, il tono della sua voce si era fatto più sicuro cosicché, quasi senza rendersene conto, Jesus si sedette sulla sponda del letto e rimase ad ascoltare.

«Se ne stava tutto solo, Mané, da una parte, a guardare gli altri correre dietro al pallone. Aveva due gambette storte e magre come le zampe dei passerotti. Due stecchini che non avrebbero mai potuto farlo correre. Eppure sorrideva. Seguiva con gli occhi i bambini giocare, mentre se ne stava seduto. Sorrideva e sembrava felice. Attorno c'erano solo polvere e baracche, e nessuno che guardasse quel povero uccellino storto. Così pensai che non valeva la pena arrivare fino a Rio: sarei stato l'angelo custode di un passerotto.»

A questo pensiero l'uomo annuì tra sé con il capo, e Jesus provò simpatia per lui, e anche un leggero senso di sollievo perché ormai sembrava che il pianto lo avesse abbandonato lasciando il posto al piacere di continuare la sua storia. Così non disse nulla e si lasciò avvolgere dalle parole.

«La poliomielite. A Pau Grande non c'era quasi niente, ma la poliomielite non mancava e al mio passerotto aveva seccato le gambe. Ma questo a Mané sembrava non importare. Lui era sempre allegro, anche nella disgrazia, anche se camminava male e poco, anche se non poteva correre dietro al pallone come gli altri e a suo padre, nel vederlo così piccolo e storto, si riempiva la gola di lacrime. Fu per lenire quella pena che, in qualche modo, lo convinsi a portare suo figlio dal medico, a Rio. Deamaro se lo mise in spalla, con me sempre accanto, e andammo a parlare con questo dottore che operava le gambe storte dei bambini. Quello se lo prese e lo tenne per ore e ore sotto i ferri cercando di raddrizzargliele, ma ci riuscì solo a metà, cosicché quando ce lo restituì aveva uno sguardo imbarazzato. Disse che almeno con la sinistra avrebbe camminato.

«Quella notte Deamaro non dormì e io gli feci compagnia per tutte quelle ore, imparando quanto possa piangere un uomo per la sofferenza di aver dato la vita a un passerotto con le gambe storte. Piangeva e urlava al cielo, Deamaro, beveva birra e mostrava i pugni alla luna, mentre io rimuginavo dentro di me in cerca di un rimedio. La mattina andammo al mercato di Julinha e per pochi *cruzeiros* comprammo un vecchio triciclo di ferro, legammo i piedi di Mané ai pedali e da quel giorno lui se ne andò in giro per la polvere di Pau Grande pedalando su quell'attrezzo impossibile. Pedalava e sorrideva, pedalava dietro agli altri bimbi e sorrideva. Anche se loro lo prendevano in giro lui pedalava e sorrideva. Intanto le gambe gli si rinforzavano e quando scendeva dal triciclo il mio passerotto riusciva a stare meglio in piedi. Qualche volta persino corricchiava.

«Un giorno di luglio stava guardando i bambini giocare a pallone, io assieme a lui, come sempre. La palla rotolò verso di noi e quando João Paulo Pirinha, per scherno, gli gridò di calciarla, vidi negli occhi di Mané la felicità andare via. Si girò verso João Paulo e gli urlò di venirsela a prendere, la sua palla, e poi riprese a sorridere, ma io avevo capito che dentro stava tremando. Allora lo guardai e lui si sentì più tranquillo. Posò davanti ai suoi piedi la palla, si asciugò sui calzoncini il sudore delle mani e rimase dritto ad aspettare Pirinha. Ero accanto a lui e lo tenevo per un braccio mentre l'altro si avvicinò lentamente e infine si piazzò di fronte a Mané. Lo strinsi ancora più forte e forse il mio passerotto capì, così guardò l'avversario negli occhi e sorrise, poi si piegò sulla sinistra, appoggiandosi al mio fianco e mentre João Paulo allungava la gamba da quella parte, lui schizzò dall'altra, il pallone tra le gambe e il sorriso di nuovo sulle labbra. Da quel giorno nessuno riuscì più a togliergli la palla, perché ogni volta Mané si appoggiava al mio braccio e scappava dall'altra parte sorridendo, mentre la gente si nutriva di allegria, rimaneva affascinata da quel passo improvviso di danza e lo chiamava soltanto Garrincha.»

Jesus ebbe un sussulto. Cosa diavolo stava raccontando quell'uomo? Per un momento avvertì il disagio che si prova di fronte a un segno di follia, ma poi 'l suo sguardo cadde sugli occhi azzurri nuovamente gonfi di lacrime e capì che quello non poteva essere lo sguardo di un pazzo. Così si alzò, andò verso il corpo immobile nel letto e ne fissò i tratti stravolti dalla morte, e come in un sogno, a poco a poco, da quei segni marcati, emerse un volto conosciuto, lo stesso della vecchia foto che suo padre teneva sulla porta del negozio di barbiere: le sopracciglia e gli zigomi pronunciati, la bocca e gli occhi del campione. Un'ondata di colori, una fortissima emozione, volti e rumori del passato da ricordare. Jesus capì che non era il momento di domandare.

«Le gambe di Pelé sono perfette, hanno la pelle lucida e tesa, i muscoli armoniosi. Le ha disegnate Michelangelo» disse l'uomo in lacrime, e quindi, indicando il letto continuò «le gambe di Mané invece erano due legni di vite, ritorte come il destino dei disgraziati. Lo scherzo di un pazzo che si prende gioco delle loro esistenze. Erano le stesse dei poveracci delle *favelas* e per questo lo hanno amato così tanto. Quelle brutte gambe ingannavano ogni avversario e correvano felici verso la vittoria. Le gambe andavano da una parte, Mané e il pallone dall'altra e dagli spalti si levava l'urlo di gioia della sua gente che correva con lui lungo la linea per calciare verso chi avrebbe fatto rete.

«Gli sono sempre piaciute le cose semplici, al mio passerotto, per questo il suo gioco era fatto di pura semplicità: sempre la stessa finta, lo stesso scatto da ballerino lungo la destra a dar la palla al centro e l'allegria alla gente.

«Eppure a volte si intristiva. Guardava la forza di Vavà, vedeva l'estro di Pelé e si domandava se lui fosse davvero capace di giocare. Così un giorno, durante un allenamento, prese il pallone e il coraggio, e si mise di fronte a O' Rey, lui così piccolo e storto davanti alla bellezza di quell'altro. Lo guardò negli occhi e gli disse:

«"Scusa, ma io non so fare acrobazie, non colpisco bene di testa e non ho potenza. Non so far altro che una finta. Guardo l'avversario e parto, lo faccio sedere a terra e scappo. Faccio sempre la stessa cosa, niente più di questo."

«Allora io vidi Pelé e la sua bellezza sorridere, avvicinarsi al mio passerotto storto e fargli una carezza.

«"Non devi giustificarti di nulla, Mané" gli disse "perché i tuoi dribbling sono come il pane. Sono semplici e fatti di poco, ma è con quelli che io e la squadra ci manteniamo vivi."

«E Mané si guardò le gambe storte, poi guardò quelle perfette di fronte a lui e rifece la sua finta micidiale, andandosene lungo il bordo del campo col pallone attaccato ai piedi. Lasciando Pelé a guardare nel vuoto.»

Sul volto dell'uomo si aprì un sorriso, mentre per un tempo lunghissimo il suo sguardo fissò un punto lontano da quella stanza fredda. Poi distese il viso:

«Ci siamo proprio divertiti assieme. Nessuno riusciva a capire come potesse fare quella finta. La studiavano, la discutevano, poi teorizzavano, sicuri di aver trovato la spiegazione per neutralizzarla e invece, quando gli arrivavano di fronte, ci cascavano nuovamente. Guardavano le sue ginocchia storte, una che girava in dentro, l'altra che girava in fuori, guardavano le sue gambette spostarsi da una parte, mentre lui si appoggiava a me e schizzava con il pallone dall'altra e intanto rimanevano immobili, stregati, il culo per terra. Tentavano anche con le maniere dure, gli davano calci alle caviglie nel tentativo di spaventarlo. Ma lui faceva finta di niente e continuava la sua danza fatta con quel solo passo.

«Una volta giocammo contro la squadra dell'Inghilterra nella quale c'era un terzino, Wilson si chiamava, a cui avevano dato l'ordine di seguire Mané come fosse la sua ombra, asfissiarlo e se fosse stato necessario anche picchiarlo. E così lui fece. Picchiò e corse, corse e picchiò come non avevo mai visto fare a nessuno. Mané soffriva, andava a terra e si rialzava, correva e cercava di sfuggire a quell'ossesso, stringeva i denti, e intanto il suo sorriso era scomparso. Poi a un certo punto lo vidi partire di scatto. Si appoggiò contro di me e fece la sua finta, ma non toccò il pallone che invece restò fermo dov'era. Lui schizzò via come al solito, con Wilson attaccato alle caviglie per qualche metro, finché l'inglese non gli dette un calcione e lo stese. Allora Mané si rialzò con lentezza, tornò sui suoi passi, prese in mano il pallone e sorridendo, finalmente lo consegnò all'avversario, il quale non seppe far altro che mormorare "I'm sorry", avvilito, a testa bassa. Da quel momento Wilson non ebbe più animo di picchiarlo e Mané continuò a fare la sua finta marcando persino due reti.»

Jesus era rimasto in silenzio ad ascoltare, affascinato da quelle storie che gliene riportavano alla mente altre, sulla vita del grande Garrincha, storie che aveva sempre sentito raccontare. Si ricordò di quando era bambino, delle vicende incredibili di una squadra fortissima e spettacolare. Roba di angeli, dicevano in giro, mica di persone normali. Rivide il pianto di gioia del padre e dei suoi fratelli, e la foto dei calciatori, bordata di verde e di oro, portata in giro per le strade negli improvvisi carnevali scoppiati dopo una vittoria. Invece ora si trovava di fronte a quel corpo inerte, e a quello strano uomo che continuava a parlare come in un sogno.

La memoria a volte percuote gli uomini con forza, brucia e fa male, perché in un istante fa tornare odori, parole, suoni, cose messe da parte come se non avessero ormai più importanza di fronte all'urgenza del presente; invece spingono ancora, grattano e urlano come quando erano giovani e fresche. Così Jesus João Da Costa rimase sorpreso da quell'ondata di ricordi che credeva perduti, in un istante si stupì di come aveva potuto dimenticare facilmente e provò pena per sé e per gli altri, per chi non lo aveva avvertito di quel pezzo di passato, lasciato a morire da solo in quella camera, senza l'onore di una veglia di gioia come avrebbe meritato.

Fu per questo sentimento, sospeso tra il dolore e la vergogna, che Jesus si trovò a pensare perché Garrincha fosse morto in quel modo, perché la gente avesse dimenticato la sua *alegria* e l'avesse abbandonata. Quasi avesse sentito la sua domanda, l'uomo ricominciò a parlare.

«Mané non dimenticò mai Pau Grande e la favela. Anche quando divenne famoso, e fu campione del mondo, e fu osannato come un dio. Tornava spesso dalla sua gente a portare doni e *cruzeiros*, a giocare per la strada con i bambini e a ripetere anche con loro la sua magica finta, mentre tutti intorno ballavano e ridevano felici perché quel passo fulminante regalava l'allegria. Tutti, come allo stadio, lo chiamavano l'*alegria do povo*.

«Ascolta bene, io ti posso dire che non si è mai lasciato andare né alla rabbia né al calcolo, che è rimasto sempre il passerotto di quando lo conobbi. Mi rendo conto che ti è difficile capire, ma il giorno in cui Deamaro lo portò a raddrizzare le gambe, Mané se ne stava zitto sulle spalle di suo padre mentre scendevamo verso Rio, sulla strada polverosa. Io lo guardavo e lo ascoltavo pensare, perché è quello che un custode deve fare. E su quelle spalle, ti assicuro, il mio passerotto sognava di volare, di poter correre veloce come João Pirinha. Per questo non ha mai capito né la gloria né la ricchezza, per questo Pelé va in giro per il mondo a stringere mani e le sue gambe sono lucide e scolpite nel marmo. A Mané è bastato correre e fare la sua magica finta per sentire la libertà. Per lui, che era un uccello, la libertà è stata l'unica cosa importante. Il resto non importa, il resto sono urla e parole di gente distratta, di chi non ricorda perché non ricorda niente.

«Ora diranno che Mané era uno sciocco, poco furbo e forse neanche troppo intelligente. Una volta gettò persino via la radiolina che aveva comprato in Svezia, perché Santos gli chiese come diavolo avrebbe capito una radio che parlava svedese, lui che sapeva a malapena il portoghese. Diranno che si perdeva dietro alle donne, come un bambino dietro alle fate, e forse anche questo è stato vero. Ma chi lo dice è perché non si ricorda di essere stato bambino, e non crede alle fate. Diranno che è stato uno stupido, che ha buttato via la vita da solo, tra i ricordi e l'alcol, ma chi lo dice è gente che sa dimenticare tutto, mentre il mio passerotto non ha mai scordato nulla, e quando non riesci a dimenticare, la vita si fa pesante e forte. Brucia come il rum in fondo al bicchiere dove lui ha continuato a fare ancora la sua finta, anche se aveva la pancia gonfia e molti anni sulle spalle. Credimi, è più semplice scordare, altrimenti ora il mio passerotto non sarebbe solo in questa stanza gelida.

«Mané non si è dimenticato di nulla. Il giorno in cui il Governatore volle tutta la squadra campione del mondo nel suo Palazzo per premiarla, in mezzo ai tappeti e ai vasi preziosi arrivarono Vavà e Nilton Santos che si guardavano stupiti in giro e si davano di gomito. E Pelé che come sempre sorrideva tranquillo. E il terzino Bellini con le lacrime agli occhi. E José Altafini che tutti chiamavano Mazola. E c'ero anch'io, a reggere il braccio a Mané, anche se quel giorno non avrebbe avuto bisogno di fare la sua finta. Quando il Governatore iniziò il suo discorso nessuno fiatò, tutti rimasero in silenzio ad ascoltare gli elogi e i ringraziamenti per chi aveva onorato il Brasile. Anche quando il Governatore comunicò che avrebbe fatto un grande regalo a ognuno di quegli eroi, nessuno fiatò, finché fecero esplodere la gioia quando seppero di aver avuto in dono una villa a Copacabana. Solo il mio passerotto rimase silenzioso. Il Governatore allora si preoccupò, e credette che il grande Garrincha preferisse un altro regalo.

«"Vuoi soldi, Mané? Preferisci qualcos'altro?" disse. Dentro di me sorridevo, perché avevo capito, ma il Governatore era davvero preoccupato e non rise, anzi lo esortò a parlare, perciò il mio passerotto balbettò timido:

«"Sì, eccellenza, se si potesse vorrei proprio che lei liberasse l'uccellino che sta nella gabbia alle sue spalle. La prego, lo lasci andare."

«Mané non si è dimenticato nulla. Incontrò ancora Pirinha, e a lui regalò la sua auto americana, appena comprata, rossa come un papavero, lunga come una nave. Così a Pau Grande si poteva vedere la miseria e la ricchezza insieme, e João Paulo Pirinha senza denti ma con una spider lunga sei metri arrancare ridendo tra le strade sterrate della foresta, perché l'allegria può essere anche questa. L'allegria di Mané si è consumata giorno dopo giorno come lo zucchero filato dato ai bambini. Non c'è nessuno che possa dire a un passerotto cosa deve fare.»

La voce tacque e nella stanza il tempo volò via perché, annegato in quelle parole, Jesus Da Costa si era perso in una palude di malinconia. I pensieri che assalirono l'infermiere furono ragionamenti di un uomo confuso, per quello che aveva ascoltato e per il modo in cui questo era avvenuto. Fu mentre tentava di dar ordine ai suoi ragionamenti che la porta della stanza si aprì e sentì Luisinho Mora chiamarlo con tono adirato. A brutto muso il collega lo rimproverò:

quanto gli ci voleva, dunque, per portare quel corpo all'obitorio?

Jesus si scosse, balbettò una scusa, fu quasi sul punto di giustificarsi, spiegando il lungo colloquio e la necessità di assistere quell'uomo in lacrime, disperato. Ma all'improvviso si fermò, perché della persona che gli aveva raccontato la storia di Mané non vide traccia. Inquieto, andò alla porta, si sporse nel corridoio ma vide soltanto Luisinho Mora con la sua faccia adirata che, spingendo una lettiga, gli disse bruscamente di aiutarlo a prendere il morto.

Tornò verso il letto e aiutò il collega a preparare quel povero corpo. Nella sua testa la confusione era enorme. Ripensò ai racconti appena ascoltati, a quanto quell'uomo l'avesse commosso e nello stesso tempo inquietato. Così, all'altro che ancora era chinato, intento a sistemare la barella disse:

«Sai che questo era Mané Garrincha?»

Mora si drizzò un attimo sulla schiena, sollevò il lembo del lenzuolo e gettò uno sguardo al corpo gonfio del campione, quindi fece una strana smorfia e mormorò quasi tra sé:

«Forse, sarà stato anche Garrincha, ma è morto da povero demente.»

Poi si scosse, e cominciando a spingere fuori dalla stanza la lettiga raccomandò al ragazzo di sbrigarsi, che la giornata sarebbe stata molto lunga e lui non aveva combinato ancora niente.

Il colore sbagliato

La mattina del 5 aprile 1915, Jack Johnson sognò di essere ancora ragazzo, a Galveston nel Texas. Stava aiutando suo padre a scaricare sacchi di riso da una nave alla fonda, una strana nave grande e piccola allo stesso tempo. L'aria era collosa e lui si muoveva con fatica eppure, anche se ogni passo gli costava uno sforzo tremendo, riuscendo a lavorare di buona lena, in pochi minuti scaricò la stiva da solo. Quindi si sedette, guardò la nave di nuovo enorme, guardò le sue piccole mani e vi sentì dentro una forza eccezionale: in quel momento gli parvero lucenti e scolpite nel marmo. Sul suo volto di ragazzo allora si aprì il sorriso così odiato da tanti, e lui vide le facce dei suoi avversari, rotte, stravolte dalla fatica e dai pugni, centinaia di occhi gonfi per le sue botte. Sorrideva, eppure nel fondo del cuore si sentiva preoccupato. Fu allora che la lama del sole lo accecò. Con la lentezza propria dei sogni si portò una mano alla fronte e così scorse la sagoma nera di suo padre stagliarsi all'orizzonte. Quasi gli avesse letto nel pensiero, l'ombra gli disse:

«Jack, tu hai un colore sbagliato.»

E lui guardò la pelle e non capì, guardò le sue mani invincibili e il torace perfetto, scolpito in un lucente cioccolato.

I sogni non hanno i limiti della nostra logica abituale, vanno e vengono nel tempo, cambiano luogo e persone, a tradimento. Anche Jack Johnson, quella mattina, sul cemento di Galveston, mentre stava ascoltando l'ombra di suo padre, si accorse di Tommy Burns sdraiato ai suoi piedi, la faccia gonfia e il naso sanguinante, mentre di fronte a lui Jack London lo guardava di traverso, e urlava con voce tuonante. Rimase in silenzio, stordito dalla sorpresa, perché a quel bellimbusto di scrittore avrebbe voluto dare una lezione, e invece se ne stette zitto a respirare il suo fiato puzzolente di bourbon, e ad ascoltarlo ripetere l'appello che dai giornali aveva appena lanciato: "Qualcuno deve darsi da fare e togliere il sorriso dalla faccia di Johnson. L'Uomo Bianco deve essere salvato".

London fece un passo avanti e gli mollò un tremendo gancio al corpo, e poi un altro alla mandibola e altri colpi ancora che risuonarono con lo stesso rumore di un martello sul legno. Johnson scattò a sedere sul letto per il dolore, si pose in guardia, ma del suo avversario non c'era traccia, mentre i colpi continuavano a battere sulla porta della stanza. Quando spalancò l'uscio, Buddy Miles aveva l'aria preoccupata e lui era completamente avvolto dal sudore.

Uscirono all'aria fresca del mattino a fare i soliti chilometri di sgambatura, corricchiando sul Malecon. Il sole sfiorava l'acqua e colorava di rosa le antiche case de L'Havana. Il pugile si fermò un attimo ad ammirare la scena, affascinato dalla dolcezza delle tinte. In quella stessa città, che nella morbidezza del sole ora gli appariva lontana, nel pomeriggio avrebbe combattuto contro Jessie Willard. A quel pensiero il corpo dell'avversario si materializzò di fronte a lui: il suo ghigno sbruffone e la sua voce cominciarono a parlargli davvero.

«Ti farò a pezzi, brutto muso nero» disse il texano.

«Ti toglierò il titolo e quel carbone che ti porti addosso.»

Fu un attimo. Jack scattò come un ossesso, si piegò a sinistra e lasciò partire nella parte opposta un gancio tremendo. L'immagine di Willard barcollò, andò a finire sull'altro pugno di Jack che la raddrizzò e poi la coprì ancora con una grandinata di colpi al mento, finché non fu inerme, stesa sul pavimento. Cessò di roteare le braccia davanti a sé solo quando sentì una mano sulla spalla, e la voce di Buddy Miles che gli ripeteva:

«Calmati ragazzo, è solo vento.»

Il pugile si fermò. Come una macchina a vapore sotto pressione, lanciava sbuffi sonori, ma sorrideva. Pensava all'incongruenza del tempo, che si avvicina e si allontana, come un punching ball nell'allenamento. Pensava a quel "ragazzo" che gli aveva regalato Buddy dall'alto della sua veneranda età, a lui, che un ragazzo davvero più non era. Di anni ne aveva già trentasette, Jack Johnson, e in quanto a vite, ne aveva consumate almeno una dozzina. Sulla sua testa pesava una condanna da scontare, una denuncia di violazione del "Mann Act". Lui, frequentatore di prostitute e sposato già due volte con donne colorate di bianco, criminale obbligato a scappare, messo alla berlina.

Non è l'avversario che sale sul ring a spaventare il campione, non più di tanto. Ci sono le regole del gioco e in mezzo a quei quattro muri di corda, la forza e il coraggio si provano di certo. C'è un arbitro, ci sono i pugni, c'è la tua vita. Lì è tutto, tutto lì è in ballo. Invece la battaglia più dura è fuori dalle corde, dove le regole sono fatte sempre dagli altri e i pugni picchiano l'aria senza nessun risultato. Se poi sei un uomo del colore sbagliato, i round si allungano all'infinito, ben oltre i quarantacinque fissati per fare i conti con un Tommy Burns o, per esempio, con Willard, quel pomeriggio. Se sei un nero in cima al mondo, con una Duesemberg sportiva, e un vestito sempre alla moda, allora le regole non hanno il valore stabilito.

La notte del 4 settembre, l'anno era il 1912, da campione del mondo Jack difese il titolo con Jim Flynn, la promessa del pugilato di chi comanda. Aveva già squagliato Burns, e ridicolizzato il grande James Jaffries, tutti e due bianchi come il pane. Aveva dato scandalo per la sua tecnica imbattibile, per le donne amate, donne belle ma dal colore troppo chiaro. Poche ore prima dell'incontro un uomo con la faccia da cowboy avvicinò il campione e gli porse una busta.

«Alcuni miei amici ti mandano questo. Sei capace a leggere, Johnson, o hai bisogno di aiuto?»

Jack aprì la lettera e lesse: "O vai al tappeto o ti facciamo pendere da un albero. Scegli, vigliacco, la tua sorte è segnata. Firmato Ku Klux Klan". Quando alzò la testa, l'emissario era svanito, la sua rabbia era appena cominciata.

Flynn resistette soltanto nove round, ed era un ciocco grande e grosso, mica un fringuello. Al *Dog & Cat* lo chiamavano "la roccia". Forse neppure capì il perché di tutta quella furia: chi assistette all'incontro ancora si ricorda del suo sguardo impaurito, senza speranza nell'invocare con la mano l'aiuto di qualcuno mentre, rovesciato sulle corde, aveva l'espressione di un vitello alla mattanza. Salirono sei poliziotti sul ring, a toglierlo dalle mani dell'altro che continuava a doppiare i colpi, mentre l'arbitro si affannava a dichiarare la fine, battendo in fretta le braccia neanche fosse un uccello. La gente urlante, divisa tra l'acclamazione e la rabbia per quel nero ancora una volta campione, si chiese chi diavolo stesse aspettando Jack, in piedi sul ring dopo quel macello. Rimase piantato nel mezzo del quadrato per una mezzora, il campione, il sorriso stampato come un ghigno, girando intorno il suo sguardo allucinato.

«Ho letto il messaggio» diceva parlando da solo, «sto aspettando. Venite fuori che io ho appena cominciato.»

Quel pomeriggio di aprile di cui abbiamo parlato, a L'Havana, c'era un'altra volta in ballo il titolo, c'era un'altra volta in ballo la vita. Il giorno prima, un avvocato distinto, arrivato da Chicago su una macchina nera, non gli porse nessuna lettera, non fece neanche il gesto di minacciarlo: non è mica un rozzo cowboy, un legale. Qualcun altro aveva già preparato la scacchiera e quello si limitò a fare la mossa finale. Ordinò un porto, lo sorseggiò con gusto alzandolo verso la luce per apprezzarne il colore. Poi fece un giro di parole, e prospettò al campione la possibilità di evitargli i problemi, sfuggire alla pena di un'umida cella dove la luce arriva poco e i giorni passano con lentezza assoluta. Mise la mano dentro la tasca di una giacca pregiata, estrasse un taccuino e scrisse una cifra. La condanna annullata e un bel po' di dollari in banca, la possibilità di ritornarsene a casa e smetterla con quella vita da zingaro sbruffone. Prospettò l'offerta con un sorriso affabile e con maniere buone, come un agente immobiliare che inviti il cliente a meditare sopra un affare. Staccò il foglietto con la cifra annotata, lo mise davanti a Johnson, quindi si alzò toccandosi con due dita la tesa del cappello, e forse fece anche un inchino.

«L'America avrà finalmente il suo degno campione» disse «e lei potrà godersi in pace la sua vita.»

In un attimo sparì dentro la macchina nera, mentre Jack rimase da solo al tavolino.

Il ring era su un alto catafalco, e molto più piccolo delle arene attuali. Le corde, tese su cardini grossi come pioli, si congiungevano in pali di legno ruvido e squadrato, traversine da ferrovia, roba massiccia. Il pugile si avvia verso il combattimento tagliando la folla e sembra un rompighiaccio sulla banchisa. Si porta dietro la vita, i suoi timori, in quel momento è come un toro pronto per la battaglia. Guarda il ring con amore e con odio, perché lassù, tra quattro corde, è davvero difficile scappare, e la resa dei conti a volte è fatale. Immagina la fine, a volte persino sogna. Quel pomeriggio a Jack Johnson il ring sembrò un altare sacrificale.

Willard era un rude cowboy, prepotente e spaccone quanto basta per diventare campione. Inoltre era bianco come il latte, ed era un buon boxeur, sapeva incassare e picchiava forte al momento giusto. L'incontro era fissato sul tempo eterno di quarantacinque riprese, per questo si iniziò che il sole ancora era alto, e la piazza brulicante di persone con il cappello in testa, poche le donne. Erano soprattutto uomini distinti, wasp in cilindro e yankee con la paglietta che si agitavano attorno al ring, urlando verso Jessie Willard:

«Ammazza l'orso nero!»

Johnson cominciò schermando, come sempre. Salvo rare eccezioni, prediligeva la scherma, il divertimento e la tattica, non la forza bruta. Ricercava il colpo decisivo solo quando si rendeva conto che l'avversario era pronto alla fine. Così anche quel pomeriggio condusse le prime venticinque riprese senza strafare. L'aria era calda e le urla della gente gli spingevano contro l'avversario che, minuto dopo minuto, combatteva con sempre maggiore ardore.

All'angolo, durante l'intervallo prima del ventiseiesimo round, Jack non volle ascoltare i suggerimenti del suo allenatore. Chiamò Buddy Miles, lo guardò fisso negli occhi e gli disse:

«Porta via da questo posto mia moglie e la bambina. Cerca di fare presto.»

Buddy sorrise, convinto che il campione si fosse

stancato e avesse deciso di risolvere l'incontro in modo lesto, ben prima della fine. Sarebbe stato uno spettacolo troppo crudele per occhi gentili come quelli. Così fece cenno di aver capito, scese di corsa a bordo ring e parlò fitto all'orecchio della donna. Poi si rivolse verso Jack e fece un gesto di assenso, il pollice alzato verso il cielo.

Ma invece di precipitarsi contro l'avversario e martellarlo come aveva fatto anni prima con Burns o Jaffries, il campione si alzò come se sul suo sguardo fosse sceso un velo, una stanchezza improvvisa che l'avesse rallentato. Rispose ai primi colpi di Willard fermo sulle gambe, mise a segno un paio di destri senza convinzione e poi incassò una serie di colpi al mento che sembrarono stordirlo. La gente in delirio urlò di gioia, vide Johnson barcollare, appoggiarsi alle corde mentre Willard guardava la scena incredulo, quasi la cosa non lo riguardasse.

Jack andò al tappeto, ma non di schianto: si afflosciò lentamente, come si sgonfia un pallone bucato, si ripiegò su se stesso e si sdraiò per terra. L'arbitro si chinò verso di lui e iniziò a contarlo, per dieci secondi che a tutti parvero lunghi un mese. Poi fece un gesto definitivo con le braccia dichiarando la fine della guerra, alzò il guantone di Willard, che allargò un sorriso da nuovo campione.

Nella bolgia generale pochi si accorsero che Johnson se ne stava sdraiato di schiena, in una comoda posizione, quasi fosse a riposo, e non era immobile come lo sarebbe stato un uomo distrutto. Sorrideva tranquillo, la sua solita espressione, e sopra la testa teneva il braccio alzato per riparare gli occhi dal sole de L'Havana. Tornò verso lo spogliatoio, con l'accappatoio tirato sulle spalle. La gente intorno lo scherniva e urlava al cielo il suo peana. Buddy Miles gli era accanto, portando come un grande peso asciugamano e secchio, trattenendo a stento il pianto.

«È per tornare a casa» gli disse, «è soltanto per tornare a casa, vecchio.»

Nessuno pagò il debito a Jack. Dopo il combattimento l'avvocato non dette più notizia di sé, e le assicurazioni verbali manifestate davanti al bicchiere di porto si sciolsero come neve al sole, in un momento. Del resto in queste cose non ci sono contratti. È l'accordo tra gentleman a far fede. È la parola che conta e la parola spesso, come sanno i saggi, vola. Assieme alla parola volarono dunque i cinquantamila dollari e la speranza di evitare la pena. L'esilio del campione continuò ancora per molto, finché seppellì Buddy da qualche parte in Europa e sua madre si cominciò ad ammalare. Sulle tavole dei ring francesi, spagnoli, e poi in America latina, salì a incrociare i guantoni con chiunque gli assicurasse una borsa decente per campare. Anche due incontri in una giornata, e dopo aver boxato, tirava avanti la sera a suonare un contrabbasso grande come un armadio.

Da qualsiasi parte, dicono persino in Patagonia, si mise di fronte a un altro, col sorriso sbruffone che lo faceva odiare. Ma nessuno poteva resistere di fronte alla classe di un campione, sinistro in gancio alla tempia, mezzo passo di danza a destra, interno in avanti e uppercut diretto al mento, in giro per il mondo a dare lezione.

Ma di fronte a un altro anonimo avversario, nell'autunno del '28, a Jack il mondo sembrò all'improvviso troppo grande. Alzò il braccio per colpire e sentì la mano pesante, le gambe dure come il marmo, il sudore freddo addosso. All'angolo, tra la sesta e la settima ripresa, rivide Buddy Miles venirgli incontro con il suo passo storto. Aveva l'asciugamano sulle spalle, e nella mano il secchio, e davvero non sembrava morto. Gli passò la spugna sul viso e gli dette i soliti consigli, mimando con il destro un gancio per poi doppiarlo subito da sotto. E mentre Flanagan lo scuoteva per riportarlo sul ring, dopo la campana, Jack vide Miles il vecchio scendere tra il pubblico, andare verso sua madre seduta in prima fila, aiutarla ad alzarsi, quindi voltarsi verso di lui a salutare. Quella notte stessa la madre di Johnson morì e lo zingaro con il sorriso sbruffone pochi giorni più tardi tornò in patria e si lasciò arrestare.

Gli anni seguenti non furono esaltanti. Esaltante è la vittoria, il successo, non la galera e quel poco che ti lascia una vita di risulta. Però fu vita e Jack la seppe passare bene. Anche se non lo si vedeva spesso come prima al volante della Duesemberg sportiva, continuò a concedersi i suoi piaceri, a combattere i suoi round con il rispetto di regole profonde. Non sempre quelle della legge, perché fece certamente anche cose poco chiare, ma quelle degli esseri umani.

Un giorno incontrò Sam McVey, vecchio peso massimo suo amico, a cui anni prima aveva dato una dura lezione. Sam era malato e triste, male in arnese come molti campioni osannati che ora languivano, dimenticati dal mondo.

«Io muoio, Jack, e sono disperato. Non ho un posto dove stare da vivo e neanche quando me ne sarò andato» disse tra le lacrime, e Jack seppe cosa fare. Prese gli ultimi spiccioli che aveva da parte e accompagnò Sam in una Funeral House, a comprargli una bella sepoltura.

Il 10 giugno del 1946 a Releigh, nel North Carolina, era una bella giornata e Johnson stava recandosi a un appuntamento con un giornalista del "New York Times", per un'intervista. Guidava stranamente una vecchia Ford, per lui modesta. Una macchina anonima e nera come il carbone.

Andava spedito, perché come sempre era in ritardo. A sessantotto anni ancora non aveva perso il vizio di corteggiare le belle ragazze, specie se di color del latte. Al ristorante, dove si era fermato per una birra, si era intrattenuto a fare il buffone con una cameriera che si chiamava Bella.

«Lo stesso nome della prostituta che mi ha incastrato» le disse, e cominciò a raccontarle la storia con cui trent'anni prima avevano trovato il modo per buttarlo fuori dal paese. Le aveva mostrato alcune mosse di boxe, le aveva fatto toccare il suo braccio che, pure a quell'età, era sempre un tronco. Poi aveva strappato la promessa di averla tra qualche settimana a bordo ring, in una delle esibizioni che ancora faceva per insegnare cos'era la vera scherma coi pugni. Chiedesse a Joe Jeannette, con cui aveva boxato solo sette mesi prima, facendo sognare il pubblico che lo aveva applaudito nemmeno fosse un giovanotto, un esordiente!

La macchina filava verso l'appuntamento e, forse in previsione dell'intervista, Jack ripassò la sua vita mentalmente. Vide sua madre, che da bambino lo chiamava "vigliacco" perché evitava le risse coi compagni di gioco, e risentì lo stesso insulto che gli lanciava dopo una sua vittoria la gente. Si vide piccolo e magro, nel campo di cotone dove aiutava i nonni e poi, ormai ragazzo e robusto, coi sacchi di juta sulle spalle al porto di Galveston, con suo padre. Vide le facce con cui aveva incrociato i guanti, gente tosta come Marvin Hart, Bob Fitzsimmons, Sam Langford, e ancora il vecchio Jeannette, con cui aveva combattuto ben otto volte.

In quel piccolo abitacolo che scivolava sull'asfalto si materializzarono ancora le lacrime di Buddy Miles, dopo La Havana, e quel ricordo gli riportò alla mente il sorriso dell'avvocato che gli aveva promesso soldi e libertà, in cambio di una sconfitta che ancora gli bruciava in pancia come una coltellata. Una vita così, pensò, non può essere raccontata. Come posso spiegare a uno scrivano yankee cosa vuol dire essere un campione del colore sbagliato? Una vita così va soltanto sognata, va combattuta di notte, dormendo, in un incontro da sedicimila riprese. In un'intera nottata.

Nell'angusto spazio di quell'abitacolo le interminabili sfide di Jack Johnson si addensarono come una nebbia spessa, impenetrabile, che gli offuscò gli occhi. La strada dalla quale arrivava spedito si immetteva nella Madison Street con un incrocio allargato, pieno del traffico dell'ora di punta e il semaforo, nella direzione di Johnson, era fisso sul rosso mentre il campione era immerso dentro il suo inventario.

Non vide, vide male, forse vide il colore sbagliato. Fu che entrò in pieno dentro un camion che attraversava tranquillo e il colpo da KO gli tolse la vita.

I primi soccorritori, chi lo estrasse ormai morto da quell'ammasso di rottami senza senso, riferì che sul viso aveva ancora un sorriso, il suo sorriso di negro sbruffone, lo stesso incancellabile marchio del campione.

Nuvola

Il 20 ottobre 1930 Tazio Nuvolari partì da Mantova per un giro di collaudo con la sua Alfa Romeo 1750. Il tempo era sereno e la macchina rispondeva a meraviglia, un cavallo d'acciaio ubbidiente al quale sciogliere la briglia per dare un piacere profondo al pilota. Tazio era contento, l'anno era stato un prodigio. Aveva appena trionfato in molte corse, tra cui la Mille Miglia, nella quale aveva avuto la soddisfazione di battere Varzi, dopo una gran rimonta. Ad Ancona era ancora dietro ad Achille di un minuto abbondante, cosa che lo feriva e lo teneva in tensione. A ogni rifornimento aveva chiesto ai meccanici il permesso per scatenare tutta la potenza della sua vettura, ma quelli gli dicevano di aspettare, di risparmiare il motore e di prendere tempo. Dicevano «aspetta» a lui, al vento, a uno che si sarebbe fatto fare a pezzetti piuttosto di lasciarsi superare.

Mentre arrivava in città, sotto il Conero, Tazio rimuginava cose brutte e aveva dentro un peso. Io accetto di perdere, pensò, se tutto va male, se sento che le mie braccia non sanno guidare la curva come devo, ma qui la meccanica suona come un'orchestra e se solo provo a dare gas scappo via a tutti. Poi guardava l'orologio, considerava la tanta strada ancora da fare e per tenersi tranquillo si diceva ad alta voce che risparmiare la macchina era cosa saggia, mossa intelligente, tattica pura. Ma nel momento stesso in cui con la ragione si convinceva della bontà della prudenza, con i sensi, con le mani, con l'olfatto, percepiva l'aria tesa dalla velocità, se ne innamorava e di nuovo tornava a bramare di correre come un matto.

Arrivò ad Ancona per la sosta, dunque, e discusse animatamente con la squadra, le mani serrate a pugno, i denti stretti. Loro erano i meccanici e lui il pilota, l'avevano portato fino a lì e questo andava bene, ma Varzi era davanti di un minuto buono e gli si stava chiedendo di aspettare.

«Sono io» disse quasi urlando «che so come e quanto andare, è chi guida che stabilisce il limite, io sono l'esploratore.»

I motoristi si guardarono l'un l'altro. L'auto è meccanica, è scienza, è un incrocio d'ingranaggi secondo un progetto, e quel progetto a loro era ben chiaro: tanti giri al minuto, tanta resistenza. Calcoli precisi, due per due fa sempre quattro. Ma davanti adesso avevano un ossesso, il campione che andava battagliando con quell'altro e pretendeva un poco di coraggio per far vedere a tutti chi fosse il migliore. Davanti a loro c'era Nuvolari, urlante, con lo sguardo feroce, già quasi da leggenda: la matematica andò a farsi benedire. Ebbero paura e rispetto per quel piccolo uomo, abbigliato che sembrava un aviatore, e così dettero l'assenso, gli dissero di andare, sfruttare a fondo la meccanica senza risparmio e Nuvolari non si risparmiò affatto: sfiancò sé e l'auto nell'inseguimento.

Ancora a distanza di anni, chiudendo gli occhi nel sonno, rivedeva le curve e i rettilinei mangiati da quella galoppata, imboccati nello scuro della notte squarciata dai fari, un vero e proprio sogno furioso dove il mondo era sempre ai lati della strada, sfuocato e sfigurato dalla velocità dell'Alfa. Aveva raggiunto il suo nemico poco dopo Peschiera, l'aveva puntato come un cacciatore sicuro tiene in sospeso la vita di un fagiano, prima di essere Dio e decidere per la vita o per la morte, in un istante.

«Ora non scappi, principino mio» si era detto masticando tra i denti, «ora ti infilo in gran carriera e mi rivedi solo a Brescia, al ristorante.» Così mise la mano sul clacson e cominciò a suonare, passando l'avversario come un razzo. Varzi dal finestrino gli sorrise, ma avrebbe voluto andarsene, scappare.

In quel pomeriggio di ottobre del '30, mentre la sua Alfa mangiava la pianura, Nuvolari stava dunque guidando tra i ricordi. Pensava al passato, a quello che di buono aveva fatto, alle sue gare che erano già imprese e il futuro gli sembrava ancor più promettente. Amava correre, amava volare, e con quell'auto rossa lanciata sopra il piano adesso avrebbe voluto decollare, e vedere le città da sopra, salire, essere una nuvola che passa veloce nel cielo, librarsi in alto senza limiti, e andare.

Ripensò a quando, da ragazzo, aveva comprato i rottami di un Bleriot da un'officina. Con il suo amico Paoletto Rossini avevano montato i pezzi del biplano, ma quello non voleva saperne di volare. Sbuffava, si trascinava penosamente sopra il prato e più che un aereo gagliardo sembrava una mesta caffettiera. Paoletto avrebbe voluto mollare, ma Tazio mise in mostra già allora la tenacia che lo avrebbe reso leggendario: attrezzò un marchingegno di verricelli e funi e sollevò il povero aeroplano sopra il tetto del suo cascinale. Montò nell'abitacolo con buona dose di incoscienza, pregustando un balzo verso le nuvole che dall'alto lo stavano a guardare. Poi avviò il motore e dette al suo amico il segnale di mollare l'aggancio.

«Questo è un aereo» urlò mentre si apprestava al lancio, «perciò voglia o non voglia dovrà volare!»

Ma il volo durò il tempo di un amen: il motore fece

un urlo disperato e il glorioso Bleriot finì poco degnamente in un fienile, tra le urla e le risate dei presenti. Nella confusione, tra il bailamme di assi, fieno e galline spaventate, sotto le pacche e gli sfottò di chi assistette a quel tentativo temerario, a Tazio spuntarono due lacrime di rabbia. Per quella figura becera, senz'altro, e per la nuvola che non era riuscito a bucare.

Andare avanti e indietro nella mente è un po' come guidare, arrotondando le curve sopra un volto o rifacendo i saliscendi di un discorso; e mentre tenti di frenare o cambiare marcia, il pensiero scivola veloce su qualcosa, e ti trovi in testacoda a roteare. Così successe a Tazio, quella volta: si perse nelle strade ricordando. Infatti, quando tornò davvero con gli occhi sulla strada, si rese conto che era passato molto tempo e da Mantova era sceso troppo in giù. Ormai era quasi a Reggio Emilia, l'ora era tarda e inoltre il cielo, prima di un azzurro terso, s'era fatto brumoso, grigio di calce, e già cascavano le grosse gocce sull'asfalto.

Fesso di uno, si disse il campione, mi prendo un bagno inutilmente, dovevo solo fare un giro di ricognizione, e mi sono addormentato come un gonzo. Controllò la quantità di carburante, fece il punto cercando di capir la posizione, per poi iniziare la marcia di ritorno, ma la pioggia cominciò a cadere a cascata e la strada in un attimo fu un mare.

Tentando di vedere in mezzo alla bufera, Nuvolari fece due o tre svolte senza una rotta sicura, perché mantenere l'orientamento in quel frangente era cosa difficile anche per un campione. Inoltre, se gli dei decidono di ruzzare, non c'è maestria che tenga, non c'è più scampo: il motore dell'Alfa, forse per l'acqua, starnutì un paio di volte come se si fosse raffreddato, quindi cominciò a tossire e infine rallentò, costringendo il pilota ad accostare.

Sul ciglio della strada Nuvolari scorse un bel portone, in legno massiccio, con un androne ampio e riparato, così vi si infilò per ripararsi: la targa sulla porta indicava un convento e il campione decise di bussare. Dall'altra parte una voce domandò chi chiedesse aiuto e lui rispose: «Tazio Nuvolari, il pilota. La mia auto si è fermata e sono bagnato come neanche un pulcino». Aggiunse: «Chiedo riparo finché non cessa questo inferno».

La porta si spalancò e gli apparve un frate, col saio, la barba, il sorriso aperto.

«Se questo è l'inferno stiamo tranquilli» disse. «È solo una sfuriata delle nuvole, è solo uno sfogo!» e fece cenno al campione di entrare. Poi lo fissò negli occhi e disse: «Nuvolari? Chiedo perdono, ma non ho mai sentito questo nome. Cosa vuoi, noi siamo gente schiva, ritirata dal mondo, poco curiosa. Dunque saresti un pilota. Di auto suppongo, di quelle che fanno le corse...», e così dicendo lo stette a guardare come se mai avesse visto quel genere strano. Il sorriso sulle labbra, la testa leggermente scossa, quasi stesse considerando se quell'essere coperto di cuoio fosse davvero un umano.

Tazio si irrigidì. Dentro di sé il suo orgoglio gli rovinò l'umore. Erano giorni di gloria, e lui aveva trionfato nella corsa più bella, quella che fa sognare la gente lungo le strade. Migliaia di italiani passavano la notte in attesa, prendevano freddo e pioggia se era il caso, per veder passare un lampo d'auto, sentirne il rombo, e intuire sotto il caschetto di pelle, dietro gli occhiali, il viso amato di un campione. Indicarlo a dito, urlarne il nome, immaginare di correre sopra quei bolidi a cento all'ora. Sognare. L'avevano acclamato per l'Italia intera, foto sui giornali, cronache alla radio, e ancora dopo settimane le sue imprese facevano parlare. E invece, adesso, questo frate sorridente faceva mostra di non sapere nulla, come se di tutto quel bailamme che lui aveva scatenato là fuori, dentro le mura di quel convento non trapelasse niente, e lui fosse uno strambo qualunque. Un pilota, di auto supponeva.

Avrebbe voluto rispondergli che lui era uno dei simboli moderni, per molti era un eroe di estro e di coraggio, perché nella vita si può scegliere di vivere appartati, di pensare allo spirito e al divino, ma c'è anche la materia, c'è il ferro, e c'è chi deve batterlo, forgiarlo. Là fuori piove spesso ed è davvero un inferno, di fango, di fumo nero di scarichi, di grasso che macchia anche l'anima più bianca. Questo avrebbe voluto dire il suo orgoglio, ma intanto erano arrivati in una stanza ampia, spartana, con poche sedie, un tavolo e con un crocifisso grande, e il frate gli faceva cenno di sedere, promettendogli un goccio di nocino, specialità del luogo, nettare divino.

La semplicità, l'odore buono di cera e legno, e poi la cortesia dell'altro gli consigliarono prima il silenzio e poi la calma. Non importa, disse tra sé, fa mica niente. Qui si è davvero fuori dal mondo, e allora è meglio non parlare. Ma di fronte al bicchiere di liquore, e allo sguardo dell'ospite, gioviale, non resistette alla tentazione di spiegare, di giustificare perché lui pilotasse.

«Noi siamo come esploratori» cominciò a dire senza alcun astio, «sperimentiamo nuove meccaniche, moderne soluzioni, e le applichiamo alle vetture che poi saggiamo in corsa. Ma non è solo questo, mio caro frate, è anche il piacere di guidare, di poter correre, di gareggiare. È come recitare, solo che invece di Shakespeare, invece di parlare, noi interpretiamo lo spazio e il tempo. Acceleriamo. Cosa di più moderno? Vogliamo progredire in tutti sensi e questo alla gente piace: ama le nostre sfide, ama poterle raccontare.»

In quella stanza severa, il frate in silenzio davanti, Tazio continuò a parlare e raccontò di sé, raccontò il suo mondo. Disse della sua passione per la velocità e per i motori. Raccontò di quando in moto, al Tourist Trophy, passò così rasente a un muro che si staccò un pezzo di dito eppure continuò a guidare, perché era troppo bello correre, vedere le cose stringersi, scivolare di lato alla pista, e il mondo scappare. Disse di come si sentiva dentro, quando quel rodere strano lo assaliva prima di partire, gli morsicava l'anima, e quasi gli faceva male per la voglia di arrivare davanti a tutti.

«Pensi, padre, mi sono già fracassato molte ossa» raccontò. «Parecchie volte mi hanno dovuto ingessare, eppure persino fasciato da mummia mi sono fatto mettere in sella e ho corso, per far star ferma questa smania che non mi lascia in pace.»

Seduto nel mezzo di una stanza spoglia, di fronte a un crocifisso, Nuvolari prese in mano un immaginario volante e spiegò a un frate come si guida un'Alfa 1750, e qual era la sua tecnica speciale, quella maniera tutta sua di affrontare la curva scivolando. Descrisse il modo in cui faceva puntare il muso della macchina sull'interno della curva, come nessun pilota era capace. Loro, gli altri, avrebbero frenato molto prima, mentre lui quasi non toccava il freno, mettendo soltanto l'auto di traverso con una sterzata improvvisa, l'acceleratore a tavoletta. Così quella faceva il pelo per tutta la girata mentre lui giocando di frizione e di volante la teneva in strada, docile e schiava, fin quando alla fine non si presentava dritta all'inizio del nuovo rettilineo, pronta per riaccelerare.

Tazio parlava, parlava, spiegava al frate ogni sua mossa finché non gli sembrò di essere da un tempo interminabile a parlare, seduto di fronte all'altro uomo che paziente lo ascoltava. Vide se stesso in quel modo, concitato, con una mano sopra una leva del cambio che non c'era e l'altra a indicare davanti, a raccontare come fece il suo sorpasso al fantasma di Varzi, e se ne vergognò. Abbassò la voce e disse:

«Scusi, non mi sono accorto di averla trattenuta troppo, chissà quante cose avrà da fare. Le ho fatto perdere un sacco di tempo, ma le volevo soltanto spiegare...»

Il frate si alzò sorridendo e disse:

«Non importa, ascoltare la gente è il mio mestiere. Tu corri e io resto fermo. Ognuno ha il suo da fare. Anche la pioggia, hai visto, è stata lei a farti parlare. Ma ora è davvero tardi, signor Nuvolari, e la pioggia ha smesso di cadere. Sii cortese, ti indico la strada.»

Un poco imbarazzato, Tazio seguì il frate verso il portone e quando vide che il cielo era di nuovo asciutto e l'Alfa rossa stava ad aspettarlo, gli sembrò che tutto fosse ancora come prima. L'umore ritornò al meglio e con un balzo gagliardo rimontò al volante.

«Così questa sarebbe la tua dama» disse il frate al campione, sorridendo. «È davvero bella ed elegante. Capisco che per lei si possa strafare.» Poi, alzando la voce per coprire il fragore dei pistoni in movimento, disse: «Però ricordati del cielo, pensa anche alle nuvole, pensa al temporale». Quindi alzò la mano in un gesto di saluto e chiuse il portone, mentre già Tazio aveva cominciato ad accelerare.

Molti anni dopo, in un'altra Mille Miglia, Nuvolari si trovò ancora in mezzo alla pioggia. Era il '48 e lui, ormai leggenda, guidava veloce verso Reggio, con un vantaggio abissale sul secondo. Dai lati della strada, come sempre, la gente inneggiava al suo passaggio, ammirava la sua decisione, si nutriva del coraggio che quel piccolo uomo dimostrava. A vederlo dal ciglio, da dietro un paracarro, sembrava davvero un fulmine leggero, un lampo rosso, labile e feroce, che schizzava sull'asfalto come un fiato. Tazio guidava, perché sapeva guidare, ma un peso lo schiacciava sul volante. Aveva cinquantasette anni e l'Alfa l'aveva scaricato per tenersi Varzi, più giovane di molto, così dovette cercare fortuna all'estero, in Germania. Prese le Auto Union d'argento e le portò al trionfo, ma il peso continuava a tormentarlo. Gli morirono due figli, uno dopo l'altro, e lui cominciò a sanguinare dai polmoni, per i gas di scarico che aveva respirato, o forse perché gli scappava l'anima da dentro, ed era disperato. A Milano corse il Gran Premio del Parco con una mano sola sul volante. L'altra teneva un fazzoletto con cui bloccava il sangue traboccante.

Questa Mille Miglia che stava dominando gli sembrò una piccola rivincita sul peggio. Vincere da giovani è alla portata di tutti. Tutti sono eroi quando la forza è fresca, le ossa intatte, la vita davanti; ma quando hai sorpassato tutto il mondo, ogni cosa all'improvviso rallenta e si ghiaccia dentro, perde senso. Vincere allora è un'impresa che nessuno può capire, non si può spiegare.

Già l'anno prima, con la Cisalfa, Nuvolari era arrivato a un passo dal traguardo ma l'auto l'aveva appiedato, per una stupida storia di contatti, di scintille. Roba da niente, che però gli aveva rubato la vittoria e insieme un altro pezzo di vita, della poca che gli restava, sanguinante.

Anche quel giorno del 1948 il cielo si prese gioco del campione. S'era detto che a Reggio era primo, di gran lunga, ma proprio allora, sopra lo stradone, la macchina investita dalla pioggia cominciò a starnutire e dette due strattoni costringendo il pilota ad accostare. In mezzo all'uragano, gli occhi annebbiati dalla rabbia per quella nuova sconfitta, uno sberleffo, Tazio si guardò attorno disperato e gli sembrò di vivere un sogno vecchio, un incubo infinito. Si rese conto che da quel posto era già passato, molti anni prima, prima di tutto. Allora scese dalla vettura a controllare.

Il portone era come ricordava, di legno massiccio, e c'era sempre l'androne in cui aveva cercato rifugio da un altro temporale. Fu cosa naturale picchiare sull'uscio desiderando che la stessa voce di quella volta rispondesse. Così avvenne: ai secchi colpi del campione da dentro domandarono chi chiedesse aiuto e lui quasi urlò: «Sono io, Tazio Nuvolari, il pilota, cerco riparo!», come se non fossero passati anni, ma pochi minuti.

Alla porta riapparve il volto conosciuto, la stessa barba, lo stesso sorriso franco e gioviale rivolse lo sguardo al cielo.

«Si vede che bisogna aspettare i temporali per vederti passare» gli disse il frate, quindi spalancò la porta, gli fece cenno di entrare e lo abbracciò come un vecchio amico. Dal tempo lontano in cui s'erano incontrati a causa di quella bufera, sembrava davvero che nulla fosse mutato: gli stessi rumori, gli stessi passi, il chiostro e poi la stessa stanza severa, con poche sedie, il crocifisso grande, e infine loro due seduti di fronte. Forse fu questo ripetersi che agì da leva, forse fu semplicemente la vita che scava, gratta e fa male, ma Tazio Nuvolari, in quel silenzio, da quel peso ancorato in mezzo al petto sentì qualcosa smuoversi, uscire scoppiando. Di fronte al frate, di fronte al tempo bloccato, forse vide se stesso molti anni prima, preso dall'ardore di spiegare dove iniziava e finiva il suo mondo, dove voleva andare, le distanze che già aveva divorato, quelle che avrebbe voluto ancora ingoiare. Tutto si addensò in quell'istante, tutto gli sembrò essere adesso, e sul suo viso polveroso apparvero chilometri di lacrime, un motore di pianto silenzioso.

Il frate si avvicinò, lo abbracciò forte e al cenno del campione di voler parlare, disse:

«Taci, non importa, ormai so tutto quanto. Hai corso molto e indietro non puoi ritornare. Correre non è una cosa facile, specie se ora non puoi più correre, ma solo scappare con il peso della vita e quello della gente che ti sta guardando dai bordi delle strade. Ti incitano, parlano di te, raccontano, vogliono sognare. Ti chiamano Nuvola, ti ammirano dal basso e ti vedono volare, fare imprese da leggenda, cose del cielo.»

Poi porse al campione un fazzoletto e mentre quello si asciugava le lacrime gli disse:

«Ecco, questo è il tuo temporale.»

Nuvolari si alzò, si fece ancora abbracciare, quindi seguì il frate verso l'uscita, senza dir nulla. Al portone si dettero un saluto, e solo quando furono davanti all'auto Tazio riuscì a sorridere e disse al frate:

«Grazie, forse è come lei dice, era giusto piovesse. Ma la pioggia e l'acqua hanno la strada segnata, cascano, scivolano e finiscono nel mare. Io ho corso contro tutto e tutti, ho fatto tutte le strade del mondo e ancora non so dove dovrò arrivare.»

Nuvolari corse ancora per poco, fece ancora qualche gara, fino all'ultima, una Palermo-Monte Pellegrino che vinse, come naturale. Aveva cinquantotto anni e solo tre anni da vivere, ma chissà se fu vita, fermo, senza più guidare.

Morì nel suo letto, a Mantova, un giorno dopo un temporale.

La resistenza

La mattina del 27 giugno 1968 Emil Zatopek uscì di casa di buonora. Di corsa, come sempre, imboccò la direzione della periferia, pronto a ingoiare i chilometri del suo allenamento. Anche se da diversi anni aveva abbandonato le competizioni, non riusciva a rinunciare a quel suo impegno quotidiano. Così, la testa piegata da un lato, la bocca contratta in una smorfia di dolore, ripeteva ogni giorno il rito che lo aveva affascinato da quando era ragazzino. Non quello della corsa, ma della fatica: ventisette anni prima, a Zlin, appena la sua gara d'esordio fu finita, giurò che non avrebbe corso mai più. Non ne valeva la pena. Era arrivato dopo mille e quattrocento metri di dolore, un'eternità passata a cercare fiato e forza per un secondo posto. Sul podio, tra le note della banda, il capodelegazione gli aveva stretto la mano, fatto i complimenti e pronosticato un avvenire di gloria. Era un ometto paffuto e rubizzo, probabilmente un droghiere, molto preso dal suo ruolo e il giovane Zatopek provò imbarazzo, così assunse un'aria seria, educata. Ringraziò e assicurò che ce l'avrebbe messa tutta, avrebbe corso con impegno. In premio l'ometto gli allungò una penna stilografica dorata.

Qualche ora dopo, tornando in treno a Koprivnice, cullato dall'oscillante andare, avvolto dal caldo del vagone, il ragazzo si addormentò e sognò di essere davanti a trainare. Correndo sulla strada ferrata, bardato come un cavallo, aveva i finimenti allacciati alla macchina a vapore che se ne stava fredda e tranquilla, lasciando lui a tirare. E lui correva e tirava come fosse un Ercole o un Atlante, sudava e soffriva, mangiava chilometri e fatica, ma infine arrivava a Koprivnice e i genitori, Dana, la gente, tutti ringraziavano e urlavano di gioia scendendo dal treno. Quando il convoglio si arrestò con uno scossone, gli apparve davvero la stazione, ma la banchina era deserta e tutto sparì, meno la fatica. Scese in fretta dal vagone e corse a casa in un baleno.

Da allora non aveva più smesso di correre. Aveva volato. Si era inventato un suo sistema speciale di allenamento, correndo sul prato un giorno quattrocento metri per quindici volte, e il giorno dopo venti tratti da duecento metri corsi come il vento, con la pioggia, col sole, con qualsiasi tempo. Calzava persino scarponi militari per provare le condizioni più difficili, le cose più pesanti da fare, perché al momento delle gare correre sarebbe diventato un sollievo, un sollievo arrivare. Per questo suo lavoro massacrante, per questa sua sofferenza prolungata, sulla faccia di Zatopek si impresse una smorfia che era cosa brutta a vedersi, un vero e proprio dolore. Ma a chi gli contestava questa mancanza, questo suo correre da cavallo da tiro senza badare all'eleganza, il campione rispondeva sempre:

«Non importa, si vede che non sono capace di fare le due cose insieme, non ho abbastanza talento per correre e per sorridere nello stesso tempo.»

In quel mattino di giugno, egli era ormai un mito, un eroe del popolo boemo: aveva vinto olimpiadi, campionati europei e fatto record del mondo. Primo per trentotto volte, dal 1948 al '54 nessuno era stato capace di superarlo e lui si era permesso anche di strafare: ai giochi olimpici di Helsinki aveva vinto i cinquemila, i diecimila metri. Gli restava la maratona, e lui volle provare. Mai un uomo era riuscito a vincere tutto quanto insieme, nessuno aveva mai neanche osato tanto. La maratona non è corsa di sola resistenza. È una discesa nell'anima, è coraggio, tattica e fatica. Richiede particolare conoscenza e dedizione, così che la corrono soltanto specialisti. Zatopek si presentò ignaro alla partenza, essendo la prima volta che tentava. Inoltre aveva nelle gambe altre vittorie, altre distanze, e la volontà e la speranza che quei suoi allenamenti potessero aiutarlo nell'impresa. Aveva l'umiltà dei grandi e all'avvio, invece di comportarsi da sconsiderato, si mise dietro ai talloni dell'inglese Peters, che era il campione da tutti favorito.

La corsa partì e Zatopek cercò di resistere al passo regolare dei maratoneti, ma ebbe qualche difficoltà e dovette impegnarsi a recuperare. Arrivato al quindicesimo chilometro, raggiunti gli altri, si guardò attorno nel gruppetto. Si sentiva un pesce fuor d'acqua, un principiante. Forse temette di sbagliare, di essersi imbarcato in un'avventura più grande di lui, un esordiente ficcato in quella corsa da massacro senza conoscere i tempi giusti per danzare. Perché correre in resistenza è simile all'andare in musica, al ticchettio di un orologio. Bisogna fare e rifare sempre la stessa mossa, quella caduta in avanti interrotta, ma con una giusta spinta, con cadenza precisa, affinché la molla non si spezzi o non si consumi la carica prima che l'ora sia arrivata. Così, davvero ingenuo, affiancò Jim Peters che guidava la corsa e in un inglese semplice, a stento, gli domandò se il suo fosse un buon passo, se fosse troppo accelerato o invece troppo lento.

«Scusami» gli disse, «ma sai, è la mia prima volta.»

Quell'altro era duramente impegnato (avrebbe poi ammesso che l'andatura era già molto sostenuta) e si indispettì per l'insolita domanda. Forse anche nella speranza di tirare un colpo basso al ceco gli disse che sì, il passo era troppo lento, e con quel ritmo leggero non sarebbe mai arrivato. Così il neomaratoneta, preoccupato, rispose con un grazie di cuore e aumentò la corsa, staccò i concorrenti e arrivò per primo allo stadio dove migliaia di finlandesi ammirati lo attendevano in piedi, acclamandolo.

Adesso, molti anni dopo, allenava la squadra sportiva dell'esercito in cui era colonnello, giovandosi del suo prestigio e della grande esperienza di chi aveva corso contro tutti, sempre vincente. Vedendolo correre la mattina per le vie di Praga, col passo cadenzato e con la sua smorfia, i passanti riconoscevano lo stile e il campione, lo salutavano e battevano le mani, incitando. Zatopek era inoltre benvoluto per il suo impegno politico, per la sua onestà. La sera di quel 27 giugno di cui stiamo parlando, avrebbe firmato il Manifesto di Dubček, quello che in duemila parole richiamava alla dignità e all'indipendenza.

«Abbiamo diritto a governare noi stessi» disse mentre firmava, lui l'eroe colonnello, «per il socialismo in cui crediamo, senza guinzagli.»

Correndo per Praga, quella mattina presto, picchiando i piedi sulle strade ancora mezzo deserte, sentì l'aria tiepida sul volto, l'aria di una primavera che sembrava continuare portando con sé qualcosa di nuovo, e la sua smorfia proverbiale si ammorbidì di un poco, divenne quasi un sorriso. Fu allora che sentì i passi raddoppiare, la loro eco farsi più pesante, e accanto a lui apparire il volto ansante di qualcuno che gli sembrò di conoscere. L'uomo in tuta gli fece un cenno, lo salutò e disse:

«Buongiorno compagno Zatopek, permetti che faccia un pezzo di strada con te. L'aria stamattina è dolce,

Praga stupenda, e avrei piacere di correre all'ombra di un campione, un eroe nazionale, il nostro orgoglio.»

Zatopek fece appena un cenno di assenso, non gli andava molto di parlare mentre accompagnava i suoi pensieri alla corsa, nell'allenamento. Ma abbozzò lo stesso un sorriso, si finse contento perché in fondo era grato alla gente, a chi lo stimava e amava la vita di uno che si era impegnato a faticare. Così fece soltanto un cenno, un invito ad andare, dettato dal buon animo e dall'educazione. Quell'uomo allora, insieme al respiro pesante, cominciò a parlare, prima lodando il campione e quindi, dopo poco, scivolando sulla politica, sulla attuale situazione.

«Peccato che una persona come te» disse «si voglia impegnare in avventure poco chiare. Non è che l'abitudine a strafare, a correre in fretta e avanti ti abbia portato a non considerare che sei un colonnello dell'esercito, che tu sei un militare, che hai obblighi precisi di ubbidienza? Altro che documenti da firmare e appelli avventati, piste sbagliate dove correndo potresti farti male.»

La voce dell'uomo era spezzata dal ritmo dei passi della corsa, ma aveva un tono preciso, un timbro duro di chi sapesse bene dove andare a parare. E mentre l'uomo parlava, a Zatopek parve che quel volto gli fosse davvero conosciuto, il volto di un collega militare, e che il messaggio fosse chiaro, un consiglio diretto a far cessare il suo impegno politico nella nuova direzione. Dallo stomaco salì un'insofferenza profonda che turbò il campione al quale bastò aumentare un poco il ritmo dei passi per andare, lasciare sul posto quella voce ansimante e sgraziata, allontanarsi da quell'avvertimento ma non dalla rabbia che gli era appena cominciata. La sera andò ugualmente a firmare il manifesto della Primavera, e disse parole decise sulla dignità dell'uomo. Le disse cercando intorno un volto preciso, le scandì forte e con chiarezza, senza ansimare.

Un paio di mesi più tardi, la mattina del 13 agosto, Praga fu avvolta dal rumore dei carri armati russi giunti a preservare l'alleanza. Fu un brusco risveglio, la realtà sbattuta in faccia, una realtà armata che sciolse la primavera, spezzò l'estate lasciando la gente sgomenta e la città gelata. Zatopek non ascoltò le suppliche di Dana, la moglie, non dette retta al buon senso, disse che doveva rispettare il suo piano di allenamento e uscì lo stesso di casa, come se niente fosse stato. Si tuffò per le strade ghiacciate, corse per la Mala Strana, arrivò nella città antica ormai occupata, tra i pianti e le urla delle persone che si aggrappavano ai carri, disperate. Corse per tutta la mattina, corse con un passo trascinato come mai aveva fatto, mentre la sua caratteristica smorfia si gonfiò fino a scoppiare in una corsa da matto.

La sera fu chiamato a rapporto dal suo Comando, lui, un militare, a dare giustificazione dell'impegno che lo aveva portato a firmare un documento illegale, ad appoggiare una rivolta. Il palazzo dove venne convocato era alto e grigio, l'androne cupo, e Zatopek si sentì per un momento K. dentro al Castello, pensò che in fondo non era poi così lontano, appena tre isolati, un po' più in alto. Dominava la città d'oro, che gli apparve ora di bronzo e grigia, una città da cui si alzava in un filo di fumo la vita di un ragazzo che si era dato fuoco per essere libero nel cielo.

Dopo un'attesa di ore, fatta per intimorire, venne introdotto in una stanza e fatto sedere. I toni erano secchi, pur con il rispetto verso chi era comunque importante: è difficile dimenticare in un momento un simbolo, specie se ha rappresentato la gente, se l'ha fatta sognare. Dall'altra parte della stanza lo aspettava una persona conosciuta, il corridore di quella mattina sciagurata in cui era stato avvisato che la primavera sarebbe presto evaporata.

«Compagno Zatopek» gli disse l'uomo «mi dispiace, io ti avevo avvertito ma tu corri davvero troppo. Quella mattina te ne sei andato e non mi hai lasciato finire. Ora sei costretto ad ascoltarmi, ma a cose fatte, e le cose, mi pare, non sono proprio belle. Tu sei un eroe, sei un simbolo, sei un'immagine che non è bene sporcare. Segui il mio consiglio, ritratta. Dì che ti sei sbagliato, che è stato un abbaglio. È stato, come dire, che hai corso in fretta, sei andato troppo avanti e adesso ti sei reso conto che è meglio aspettare e prendere fiato. Tu firma qui e te ne vai a casa, domani torni in caserma, al campo ad allenare. La vita riprende tranquilla. Dopo la primavera è venuta l'estate, poi arriverà l'autunno e l'inverno. Basta firmare.»

Così dicendo gli allungò una carta, un dattiloscritto che Zatopek non degnò neanche di uno sguardo.

«Non importa» disse, «non ho mai avuto una vita tranquilla, compagno, non ti preoccupare; e poi non ho corso né troppo né troppo forte. Anzi, penso che ho ancora molto da imparare, metodi di allenamento, carichi di lavoro, programmi e impegni. Soprattutto devo perfezionare la resistenza, che è la mia forza. Ricordi quando ho battuto il mondo in otto giorni, facendo cinquemila, diecimila e maratona? Forse si può far meglio, si può resistere ancora più a lungo, bisogna provare.»

«Dovresti pensarci anche tu» gli disse prima di uscire, «tu che quando corri ti si spezza il fiato e ansimi e ti affanni. Lascia che te lo dica: hai la voce ferma solo quando stai seduto, quando stai bene al caldo, in una stanza. Ma così è facile, così sono capaci tutti. Non mi pare una grossa fatica.»

Zatopek venne sospeso dall'incarico nel settore sportivo militare, e qualche giorno dopo fu espulso dal partito. La normalità stava trionfando e lui, ormai, non era più normale, era soltanto un cavallo matto che correva troppo in fretta, una locomotiva umana che sapeva tirare. Venne ancora chiamato in quel palazzo grigio, per ricevere una lettera ufficiale nella quale gli si toglievano compiti e gradi, la possibilità di continuare: non avrebbe più allenato. Trovò un altro lavoro, e lui che era stato l'eroe della gente venne messo a murare, a tirare su pareti di mattoni per le case del popolo per il quale aveva gareggiato.

Praga era sempre più fredda, sempre più scura, e anche se il campione non provò paura, trattenne a stento la voglia di fuggire. Molti amici dall'estero, estimatori, sportivi, gli offrirono ponti d'oro per poter emigrare. Lui, invece, ruminando giorno dopo giorno mattoni e corsa, raffinò davvero la sua resistenza, il suo vivere accanto all'impulso di scappare.

Una mattina di febbraio, nel buio pesto, Zatopek uscì come sempre, per l'allenamento, presto. Il tempo era nero e nero il suo umore: a ogni passo meditava la sua vita. Un uomo è un uomo, si diceva, è debole, ha un limite preciso, come posso ancora chiedere a me e ai miei cari di tollerare questa situazione, la distruzione della dignità, la prepotenza? Questa discesa sembra non avere fine, martellate sulla mia persona, sul mio lavoro, cose che distruggono, che fanno molto male. Il passo verso una vita rispettata sarebbe stato breve, un biglietto, una telefonata per accettare quello che in fondo era già pronto. Poi l'espatrio e una vita tranquilla.

La testa piena di questi pensieri, il campione andava nel freddo, forse alla ricerca di una soluzione, quando si accorse che un'altra persona gli correva a fianco. Per un attimo rivisse la scena di qualche mese prima, e provò un senso di fastidio credendo di rivedere il volto dell'uomo che l'aveva minacciato. Invece era un ragazzo, con un grande maglione, infagottato, la testa quasi tutta coperta da una sciarpa, alto, lanciato con un passo svelto.

«Signor Zatopek» gli disse «per favore continui la corsa, continui a perfezionare il fondo e la sua resistenza. Le siamo tutti grati per la sua presenza, per non averci lasciato a Praga, da soli a lottare. Pensi a quello che le dico: noi siamo già in fuga, abbiamo fatto uno scatto e loro ci hanno ripreso. Ma proprio da lei abbiamo imparato a non darci per vinti, a non mollare, a stringere i denti anche se sentiamo dolore, anche se ci sembra di avere sulle spalle il peso del mondo. Proprio da lei abbiamo imparato a non avere paura se correndo facciamo brutte smorfie, se sudiamo e abbiamo i crampi, perché stiamo correndo e l'importante è arrivare fino in fondo. Lei ci ha insegnato la forza della resistenza, a provare ogni giorno ad aumentare di un metro. Abbiamo bisogno di lei perché la fuga sarà lunga, e pensare che con noi corre una locomotiva umana ci dà speranza e forza per continuare la corsa. L'esercito le ha tolto il lavoro, ma lei continui ad allenare.»

Zatopek avrebbe voluto rispondere, dirgli che lui era soltanto un uomo, e quello che aveva fatto era solo correre e provare, niente di eroico, niente che potesse essere utile a sopportare il peso enorme di quel guinzaglio che la gente si portava addosso, ma non fece in tempo ad aprire bocca perché il ragazzo aumentò veloce il passo e scattò in avanti, scomparendo in pochi secondi dentro il buio. Ma prima di svanire come un fantasma, mentre scappava, girandosi un momento verso il campione, al debole riflesso di un lampione la sciarpa scivolò col movimento mettendo in mostra un volto sfigurato, attaccato dal fuoco, quasi bruciato. Fu solo un attimo, neanche un istante, poi tutto scomparve, restò solo la strada, il freddo e il dubbio che quella faccia intravista come in un lampo fosse stato un sogno, un miraggio. Forse solo il pensiero scuro di aver associato la sua pena a un ragazzo che si era dato al fuoco con coraggio.

Zatopek venne chiamato dopo poco, venne ancora convocato nello stesso palazzo. Di nuovo fece ore di attesa, e quindi fu ammesso alla solita stanza dove il funzionario sembrava avere un'aria distesa.

«Mio caro compagno» disse, «come vedi non ti abbiamo scordato. Comprendi che nell'esercito non ci potevi stare, e del resto ora hai un buon lavoro, puoi murare, e renderti lo stesso utile alla causa costruendo case, palazzi, scuole. Ma crediamo che in fondo così tu sia sprecato, tu sei allenato alla fatica, e hai dimostrato con le tue imprese grandi qualità di resistenza. Inoltre, mi dicevi, vuoi sempre migliorare, e quindi abbiamo pensato a lungo come assecondare le qualità per cui tu sei famoso. C'è una miniera di uranio, al nord, che ha bisogno di braccia forti per trainare i carrelli dal fondo della terra. Ci sembra che questo lavoro sia consono alla tua esigenza. È compito nostro venire incontro ai desideri di un mito, e darti modo di allenare la tua famosa resistenza.»

Il campione fece un mezzo sorriso, quasi una smorfia.

«Grazie, davvero» disse, «era quello che cercavo. Tu non ci crederai ma una volta ho sognato di essere una locomotiva e di tirare, di trascinare i vagoni e di sudare, perché in fondo bisogna saper cercare i propri limiti, cambiare, mutare passo e ritmo, aumentare la forza. E inoltre correndo in tutto il mondo, confrontandomi con gente abituata alle gare, ho imparato che c'è una grande differenza tra correre e scappare. Per cui vado tranquillo in miniera, spingerò i carrelli con l'uranio finché posso. Abbiate soltanto pazienza se non sarò bello, se avrò sempre la mia smorfia sul viso, perché l'importante non è essere perfetti, l'importante è arrivare.»

Nella luce del giorno che andava tramontando, Zatopek uscì di corsa dal palazzo. Andava verso il buio, anni di fatica in un lavoro duro, una pena inflitta come a un condannato. Ai riflessi del sole che la illuminava d'oro, Praga lo vide correre verso casa con la solita smorfia di dolore, il suo solito passo pesante, un passo ancora sicuro e resistente.

L'inglese e il bersagliere

All'alba del 14 luglio 1865, i pugni serrati sui bordi del letto, Jean Antoine Carrel si svegliò di colpo dopo essere precipitato in sogno dentro a un canalone. Con un senso di liberazione, dalla vetta del Cervino aveva guardato le montagne dal profilo familiare e le valli, in basso, incise come le linee della mano. Aveva gustato fino in fondo il sapore strano che ha il rendersi conto di aver fatto per primo qualcosa di un'inquietante importanza, di esser stato capace di salire la distanza che ci divide da noi stessi e non dà pace. Ma poi scendendo dalla vetta la soddisfazione era svanita, mentre un senso di colpa lo avvolgeva, per aver affrontato il monte, per averlo violato. Per aver toccato il mito e, sopra quella cima, aver infranto il dubbio che la scalata al mistero fosse cosa soltanto da sognare, come si tenta di vivere, sperando, senza sapere bene come fare.

Durante la discesa dal sogno, appesantita forse da questi pensieri, la corda che lo legava ai compagni si era stirata, una corda fine, inadatta, usurata tanto che a un ultimo strattone dette uno schiocco e si spezzò di netto. Carrel cadde rotolando dentro a un canalone, scivolò per metri e metri fino a trovarsi aggrappato ai bordi del suo letto.

Dall'alto del mondo, in quell'impresa sognata,

guardando verso Zermatt, aveva scorto a stento figure minuscole di uomini che stavano tentando l'ascesa da quell'altra parte. È quell'inglese presuntuoso, pensò Carrel, quel Whymper che si crede d'essere il migliore ad andare per monti aprendo nuove strade, a esplorare. Noi siamo nati qui, sotto il Cervino, siamo noi i suoi figli e lo rispettiamo. Dalle nostre case, dal basso, lo guardiamo come si guarda un padre severo, ma soave, una scultura di potenza e bellezza che è anche sudore, freddo, rigore. Di salire in cima al mondo avremmo fatto a meno, perché prima di tutto pensiamo a vivere, cosa che tra queste valli non è certo uno scherzo. Ma se qualcuno vuole arrivare in vetta, se qualcuno decide di aprire ancora nuovi orizzonti, allora è giusto che sia uno di noi ad arrivare, e tra tutti dev'essere il migliore, Jean Antoine Carrel, detto il Bersagliere.

Così pensando preparò i bagagli e attese che fossero pronti i suoi compagni. L'alpinismo all'epoca era ai primordi e fare scalate era davvero un'impresa, che andava affrontata senza le attrezzature di oggi, roba spaziale. Qualche piccozza, scarponi duri, maglie di lana spessa, qualche bastone per appoggiarsi e stare in equilibrio; e le prime corde, di canapa pesante, che si imbevevano di neve, di gelo, diventando fragili e secche, di vetro e marmo. Le guide le guardavano con diffidenza, come una moda strana portata anche quella dagli inglesi, dalla loro mania di salire in cima legati come salami, annodando assieme corpi e destini, affidati al caso di un appoggio fatto male. Anche Carrel preferiva farne a meno, preferiva la forza e la pazienza di un passo portato con metodica attenzione, un passo dopo l'altro sulla groppa del monte, guardando bene avanti e senza strafare, senza legarsi con niente e con nessuno, padrone solo della propria esperienza fatta con anni di silenzio passati ad aspettare.

Avrebbe preferito andare solo, dunque, portare fino in fondo la sfida con se stesso trovando lui la giusta soluzione del rebus della salita. Per almeno altre sette volte aveva già tentato, avvicinandosi al Cervino con cautela, osservando, saggiando con i piedi e con gli occhi la strada. Aveva persino scoraggiato l'inglese e altri che avrebbero voluto provare.

«Perché montare là sopra?» disse una volta a Whymper. «Lasciate stare, sceglietevi montagne più docili di questa piramide di sassi e neve aggrappata. È una montagna misteriosa, che non vuole fare nessuna conoscenza. Tutte le volte che provo ha una scusa: una tempesta, una scarica di pietre, una pioggia improvvisa che infradicia le rocce come cenci. E poi c'è una brutta leggenda che ci tramandiamo in valle di padre in figlio. Roba di spiriti maligni, un monte stregato che per essere vinto vuole un sacrificio umano. È un prezzo troppo salato.»

Whymper aveva mormorato qualcosa in quella sua lingua strana, aveva preso cappello e s'era ritirato in albergo a rimuginare come trovare il sistema per organizzarsi, ad aspettare il momento buono per verificare se davvero la montagna rifiutasse il piacere di conoscere un inglese. Forse è solo un fatto di educazione, pensò, è la volontà, il punto di vista, insomma, è il modo. Io sono un vero esploratore, un naturalista, un fotografo scrittore. Andrò su quel monte e saprò raccontare al mondo come è fatto il mondo. Saprò andare in cima a guardare.

In quegli stessi giorni di luglio, Carrel a Breuil sapeva che l'inglese attendeva il momento, e non aveva rinunciato. Per questo aveva deciso in fretta, e si era attrezzato per salire il 14 mattina con una squadra formata dal fratello César, e un'altra guida, Jean Joseph Maquignaz, un montanaro tosto, e infine Carlo Gorret, abate, figura importante di Valsavarenche. Un quartetto ben formato che, secondo i piani, avrebbe attaccato il Cervino per arrivare alla vittoria, per i sacrifici e le speranze, i progetti e i tentativi spesi dal Bersagliere. E per arrivare prima dell'altro portando gloria alla valle, non a un'isola lontana che non aveva neanche una collina degna di importanza.

Partirono all'attacco, i quattro valligiani, convinti che quella sarebbe stata l'occasione buona: il tempo era perfetto, secco e sereno come si addice a una salita rapida e precisa. Con loro, oltre a piccozze e corde, portavano legate agli zaini delle capaci fiasche con l'unico rimedio alla fatica. Non certo la simpamina di adesso, né integratori diabolici e potenti, ma semplice acquavite, della buona grappa per scaldare le gambe, distillando lo sforzo. Panacea del male. Partirono così, certi di mettere fine alla corsa, di portare finalmente in fondo gli anni spesi da Carrel a esplorare: la salita dal Breuil era ormai quasi tutta tracciata. Mancava soltanto l'ultimo tratto, l'ultimo balzo di poche centinaia di metri, e un'altra storia sarebbe cominciata.

Intanto Whymper smaniava nel suo albergo, rimuginando tra sé la rabbia per essere senza una squadra con cui salire. Aveva capito che il Bersagliere sarebbe presto partito e che l'ultimo assalto alla vetta era imminente. Passò ore d'inferno, solo, senza poter far niente mentre il Cervino, dritto di fronte a lui, lo sfidava. A un tratto la quiete della hall si infranse, un gruppo di persone fece capannello: era giunto dal Teodulo Lord Francis Douglas, giovane membro dell'Alpine Club, buono scalatore. Con lui c'era Peter Taugwalder padre, con cui aveva appena salito la Wellenkuppe. Gli ospiti facevano cerchio intorno ascoltando il racconto dell'impresa, il Lord parlava e descriveva, raccontava la scalata come si usa, rideva soddisfatto, gongolava. Whymper si accese in un attimo, ebbe un sussulto. Perché non battere il ferro ora che era caldo? Conosceva l'ambizione di Douglas, e anche Taugwalder gli sembrò perfetto. Così si fece largo tra i presenti, domandò scusa con secchi e ripetuti «sorry», ma quasi urlando strappò Lord Douglas alla vista di tutti e lo costrinse in disparte. Davanti a un grog ben caldo, la voce tremante, tracciò all'amico il quadro della situazione, gli disse che presto Carrel sarebbe stato in marcia, la scalata era quasi cosa fatta, che insomma a quel valligiano sarebbe andata la gloria dell'esplorazione e loro, e l'Inghilterra, e anche il Sapere, sarebbero rimasti alla finestra, sconfitti dalla tenacia di quel rozzo Bersagliere.

Whymper parlava e parlava, smaniando, con uno stato d'animo eccitato. Per convincere Douglas avrebbe fatto di tutto, forse avrebbe persino accettato di unirsi al diavolo in persona.

«Andiamo dall'altra parte a Zermatt, andiamo con Taugwalder e cerchiamo» gli disse. «Ci sarà pur qualcuno disposto a tentare, a contrastare la corsa di Carrel verso il Cervino.»

Le parole gli rimasero sospese, e assieme alle parole anche la vita per un tempo che gli sembrò eterno, il tempo in cui il compagno finì di sorseggiare il liquore caldo, lo guardò negli occhi, poi si guardò dentro e infine disse: «Accetto senz'altro». E fece cenno di andare.

Così, di tutta fretta, ripassarono il Teodulo e scesero a Zermatt, e nel momento in cui entrarono in albergo si imbatterono in Michel Croz, una guida savoiarda ingaggiata in quel momento da Charles Hudson. Whymper chiese un incontro a questi, il quale acconsentì a cedere Croz all'impresa, a patto che anche lui potesse salire e con lui Roger Hadow, giovane scalatore appena arrivato dal Bianco.

La faccenda si faceva complicata, il gruppo per la

cordata andava troppo ingrossando. Whymper ebbe un gesto di stizza. Però il tempo stringeva, e avere Croz era fondamentale perché il tentativo potesse riuscire. Per questo acconsentì ugualmente e la sera del 13 luglio la compagnia, con l'aggiunta di un figlio di Taugwalder, salì in quota, accampandosi in bivacco, per essere freschi e pronti la mattina a dare finalmente al monte l'ultimo attacco.

Per uno strano destino, in quel momento le due squadre si trovarono a dormire sotto il Cervino, la stessa notte, ma su versanti opposti. Con la stessa intenzione, divisi dalla roccia ma con uguali speranze. Carrel, abbiamo detto, sognò di salire e dopo essere salito si vide a cadere sotto il peso di un senso di colpa sconosciuto.

Whymper in sogno visse la stessa scena, ma la visse al contrario, vide Carrel che dalla cima del monte lo indicava, assieme a Gorret gli lanciavano urla, e lui fu costretto a indietreggiare: mentre dall'alto si sentivano urrà di contentezza, con l'animo pesante e un senso di angoscia se ne tornò a Zermatt ad aspettare.

In quel bivacco, sotto la maestà del monte, si stese un velo appiccicoso, un sonno colloso che li costrinse a un risveglio lento e appesantito dalla sensazione di qualcosa troppo grande da fare. Senza dire una parola importante, giusto un saluto, il gruppo di Whymper si preparò per la scalata. Il Cervino era ancora più alto, e l'ora molto più tarda di quella prospettata.

La luce del mattino vide il Bersagliere e la sua squadra partire molto prima dell'altra. Tutto pareva volgere al meglio. Il cielo sereno, terso, il passo buono, la cima che pian piano si abbassava. Carrel guidava con la sicurezza di chi conosceva quelle rocce. Dava il ritmo, copriva bene la distanza che il suo piano aveva calcolato. Ogni ora una piccola sosta, per prendere fiato e rifocillarsi con un pezzo di pane, un po' di miele, un sorso di grappa per scaldare il petto. Fu durante una di queste soste che l'abate Gorret cominciò a parlare. Forse sicuro della buona riuscita, disse che avrebbe scritto un memoriale, avrebbe raccontato al mondo intero la scalata non soltanto per farne relazione, ma per considerare l'umana condizione, questo loro andare per strade apparentemente assurde verso lo scopo agognato. Per la conoscenza, per la necessità di sapere, per l'esser stati fatti per la scienza, per l'impegno che questo comporta e per la bellezza di tutto il creato.

Così, andando verso l'alto, le parole dell'abate avvolsero il gruppo, lo accompagnarono in quel salire che sembrò perfetto, in armonia con l'uomo, con Dio e con l'universo. Ma il Bersagliere non era uomo di tante parole, la montagna per lui era sì bellezza, ma anche guerra, qualcosa di sordo che batteva dentro al suo petto, dentro al suo cuore fatto di fatica. Forse fu lì che cominciò a sentirsi perso. Non era uomo di tante parole, ma di silenzi, e della montagna respirava il sangue. Quel manto di concetti che assieme a loro risaliva gli sembrò forse una profanazione, come se fosse troppo pesante questo bisogno di spiegare, di dare una ragione al mettere una gamba appresso all'altra. Per quello, alla successiva sosta di ristoro, facendosi forza e avvisando di non prenderlo sul serio, obiettò che a lui scalare la cima sembrava quasi un peccato. Lo disse così, tutto d'un fiato, al punto che la grappa gli si strozzò nel petto.

L'ora a quel punto era già avanzata, il sole picchiava sul granito sciogliendo la neve, facendo marcire le rocce. La prudenza avrebbe consigliato di non mettere legna sul fuoco della discussione, ma abbassare la testa e serrare il passo, prima che la sera precipitasse sulle montagne. Nell'accadere delle cose non c'è un preciso senso, le cose accadono e poi spetta a noi ordinarle, passare il tempo a dare spiegazione di ragioni oscure che non conoscono strade, che sono in tutto e per tutto monti da scalare. Per molti anni ancora l'abate Gorret dovette ripensare a come nacque quell'assurda situazione, a come piano piano si impastò il discorso, diventando colla che fece perdere tempo e ragione. Giunto in vecchiaia, in un diario che spiegò niente di niente al mondo, vergò una frase in francese, misteriosa, dove parlò di personalità, di amor proprio, di qualcosa di cui, prima o poi, avrebbe dovuto parlare. Qualcosa che non disse mai, legato dall'orgoglio, la stizza verso Carrel che a un passo dalla vetta si fermò, guardando verso la punta quasi provasse rimpianto. Forse fu la fatica che già doveva essere grande, forse il velo della grappa che confuse le parti, ma invece di spronare il gruppo all'attacco, a raccogliere le ultime forze, il Bersagliere rimase bloccato, a fissare la vetta domandando ai compagni se il loro ardire non fosse un grave peccato.

«Siamo sicuri che sia un'azione da fare» chiese «e che arrivando lassù non roviniamo qualcosa che pure io stesso ho da sempre cercato? Dove andremo dopo la cima e, pensate, su quale montagna quando tutto ormai sarà scalato?»

Mentre questa discussione andava avanti, dall'altro versante Whymper si arrampicava lesto. Ogni cosa si svolse persino troppo facilmente, senza gli intoppi o i colpi di scena che in genere fanno da cornice alle grandi imprese. Ebbe solo una difficoltà sopra la Spalla, dove oggi le corde fisse permettono di andare in sicurezza. L'unico problema non fu nello stato della roccia o nella difficoltà del monte. Fu l'ossessione di essere preceduti dagli italiani che stavano arrivando in vetta. Mettendo un piede dopo l'altro, salendo in fretta, Whymper si sentiva a un passo dal trionfo, ma un velo di paura lo avvolgeva: il sogno vissuto nella notte, con Carrel che lo salutava, in gola il sapore orribile della sconfitta. L'inglese era uomo di gran determinazione, voleva conquistare l'impresa a ogni costo, voleva legare al suo nome una via, una cima, una scalata. Persino nel farsi ritrarre in una fotografia virata, o in un'incisione, era sempre attento a mettere sul fondo una cima, quasi per illustrare il suo destino, la sua missione. In primo piano il volto corrucciato, la mascella quadrata, la fronte segnata. Dava agli occhi un'espressione quasi allucinata, occhi da giovane animale che cerca la sua anima sui monti.

Il Cervino quindi doveva essere suo, questo era chiaro, e la montagna quel giorno volle assecondarlo. La scalata filò liscia senza intoppi e all'una e quaranta minuti Whymper fu presso la vetta. In gola aveva un urlo strozzato e, assieme, la paura sorda che passato l'ultimo muro avrebbe trovato Carrel sul piano, a fargli la beffa. Per questo, giunto alle facili rocce del tetto, si sfilò dalla cordata affrettandosi verso la cima dove trovò il niente: un tappeto di morbida neve sui sassi. Whymper girò lo sguardo intorno, cercando con ansia un'impronta, temendo una traccia. Poi si volse verso Croz che arrivava e urlò la vittoria allargando le braccia. Aveva segnato la storia, vinto per primo il Cervino e l'incubo che lo aveva assillato.

Si sporsero dal versante italiano, e videro sulla cresta, più in basso, Carrel e i tre suoi compagni in salita.

«*Ah, les coquins*» disse Croz con una risata. «*Ils sont bien en bas*» e proprio all'opposto di quello che Whymper aveva sognato, iniziarono a lanciare gli urrà e gli evviva, scagliando pietre e richiami per farsi vedere, urla e braccia agitate verso il Bersagliere.

I quattro italiani erano fermi in cresta, sentirono i

colpi secchi delle pietre, l'eco dei richiami e un gelo improvviso bloccò ogni loro movimento. Soltanto Carrel, la faccia seria, guardando verso il basso, ebbe a malapena la voce per dire:

«Sono gli spiriti del monte, sentite? È inutile che proseguiamo.»

Nessuno ebbe il coraggio di obiettare. Girarono la schiena verso il monte e a tarda sera fecero ritorno in valle.

L'orgoglio di Whymper ebbe dunque la meglio. Nei suoi diari scrisse: "Sulla vetta del Cervino passai un'ora intensa di meravigliosa vita". Fece un disegno. Si ubriacò di soddisfazione e di gloria, considerò che sarebbe diventato un mito, e non ebbe coscienza che proprio la vita non è sempre scritta dalle nostre mani: la scalata era conclusa ma l'avventura non era ancora finita. Il gruppo si preparò per la discesa e nella contentezza generale tutti si legarono tra loro senza pensare. Si legarono male, in modo sbadato, con una vecchia corda che non poteva dare sicurezza. Le guide la presero, l'annodarono, quindi iniziarono a scendere in cordata. Da un capo era l'esperto Croz, poi Hadow, Hudson, Douglas e Taugwalder padre, mentre Whymper, ancora con il suo disegno in mano, arrivò a legarsi in fretta mentre già i primi affrontavano il pendio. Si passò la corda alla vita, l'inglese, poi lanciò il capo a Taugwalder figlio, che la prese e chiuse la fila.

Fin dai primi momenti della discesa il giovane Hadow dette segni di stanchezza. Aveva appena diciannove anni, e qualche giorno prima era stato sul Bianco a tempo di primato. Forse fu l'emozione per la scalata appena conclusa, forse era troppo affaticato, e inoltre le suole delle sue scarpe erano andate. Croz dovette fare una fatica enorme per assicurargli i piedi a ogni passo, lasciando a terra il bastone e rimanendo quindi privo di appoggio. Proprio mentre la guida era intenta a trovare un posto buono per la presa, Hadow scivolò, fece un gran volo e atterrò sulla schiena di Croz che lo aspettava. Fu una catena di urla disperate: dietro a questi venne strappato Hudson e dopo Douglas. Tutto durò un istante, ma sembrò eterno nel silenzio del monte, lacerato. Scoppiarono le grida, le mani si aggrapparono al vuoto e, come per beffa, in un improvvisa tregua dal rumore si sentì netto lo schiocco della corda che tra Lord Douglas e Taugwalder si spezzava. Whymper avvinghiato alla roccia si girò appena in tempo per vedere i suoi quattro compagni che cadevano nel nulla, mulinando le mani come per nuotare. Di tre di loro si trovarono i resti l'indomani, con le scarpe di Hadow dalle suole lise, e la corda tranciata di netto, intrisa di sangue. Del Lord non s'ebbe più traccia, disperso nell'aria, sepolto dalla roccia.

Whymper venne accusato di troppa leggerezza, di impreparazione, di aver pensato alla gloria dell'impresa dimenticando il primo dovere per chi va in montagna, la sicurezza. Qualcuno lo accusò di aver tagliato la corda per salvarsi e questo generò dubbi e discussioni. L'inglese accusò il colpo, si difese e infine tornò alle sue esplorazioni. Però rinunciò per sempre alle grandi imprese. Ogni volta che la sera si trovava da solo, sentiva lo schiocco della corda nel silenzio, vedeva i quattro compagni cadere in volo, nuotare nell'aria chiamando forte il suo nome.

Dal Breuil, intanto, l'ingegner Giordano aveva visto col cannocchiale agitarsi qualcuno sulla cima: pensò al Bersagliere e ai compagni e, di corsa, telegrafò al ministro Sella: "Abbiamo conquistato il Cervino".

Mesto fu dunque il ritorno e grande la beffa. Nessuna spiegazione chiara per quella sconfitta. Soltanto Giordano, che forse bruciava per quel comico sbaglio, andò da Carrel e lo convinse a ritentare.

Il Bersagliere accettò e tre giorni dopo fu in vetta. A Valtournenche ancora nulla si sapeva della morte dei quattro, dopo il trionfo. Dall'alto del monte, Carrel guardò di sotto, vide tracce di piste confuse in mezzo al ghiacciaio, un punto lontano, e ricordò il suo sogno, considerò la strana simmetria che stava accadendo, ricordò se stesso trionfante che dall'alto guardava Whymper sconfitto, giù in basso.

Considerò quanto strana fosse la vita, come cambi il senso delle cose, come sia difficile capire quello che ci obblighiamo a fare. In quel momento il Cervino gli sembrò soltanto un sasso.

L'ultima parata del portiere Trusevich

Il 12 aprile 1942, Nikolai Trusevich, dal cortile della grande panetteria in via Degtyarevskaya, guardò il cielo di Kiev: era spalmato di un bianco così chiaro da sembrare una distesa di panna montata. Nevicherà presto, pensò, e si appoggiò contro il muro, cercando di lasciar scivolare fuori dal suo corpo la stanchezza di un lavoro troppo duro.

Voltò lo sguardo verso le nubi, poi serrò le palpebre e si lasciò sfiorare dal vento gelato. Solo allora si rese conto che a mezza voce stava sillabando una filastrocca blasfema sulle note della vecchia nenia con cui la signora Berberova lo addormentava durante la sua infanzia:

«Signore del mondo, signore del cielo, mandaci presto la neve, ma non un velo, mandane un monte, mandane un mare, fai che nessuno più riesca a sparare, manda la neve sopra la Russia, l'Egitto e la Francia, mandane tanta come un aereo che sgancia le bombe di morte sulle nostre case, fai che il suo bianco copra tutta la terra, zittisca i rumori, zittisca la guerra, lasciaci a vivere coperti e freschi, distanti e lontani da questi tedeschi...»

Sperò di addormentarsi e risvegliarsi coperto di bianco, così strinse ancora più forte le palpebre e appoggiò il capo alla parete di cemento, continuando a ripetere le strofe di quella strana litania. Fu per questo che non si accorse subito che Josif Kordik gli era accanto e quando sentì la sua voce ebbe un sobbalzo di sorpresa e anche di leggera vergogna, sicuro che egli avesse ascoltato le parole che si era messo a canticchiare.

«Non serve pregare, Nikolai» disse Kordik, «i tedeschi non se ne andranno per quattro fiocchi di neve. Anzi, ce la faranno spalare...»

Da parecchi mesi l'Ucraina era stata invasa dai nazisti che avevano preso possesso di Kiev e la governavano da conquistatori. La vita normale si era fermata e, da prigionieri, la prima occupazione di tutti era diventata la sopravvivenza, il passare la giornata sperando di trovare un modo per arrivare a sera, imparando a far senza della vita che si era come allontanata. Anche Trusevich si era dovuto adattare. Lui, il grande portiere, uno dei simboli della Dynamo di Kiev, aveva trovato lavoro nella panetteria, assieme a molti altri suoi compagni calciatori.

«Almeno noi non sentiamo troppo la fame» diceva a chi si indignava di un'occupazione inadatta a delle glorie sportive. La testa bassa, la bocca tirata, formulava quella scusa con la vergogna di chi sapeva che altra gente era ancor più maltrattata.

Quella sera, appoggiato al muro, in attesa della neve, forse per la malinconica filastrocca che l'amico aveva appena recitato, o forse per l'affetto di due persone che si stimavano a vicenda, a Josif Kordik venne un'idea improvvisa e la spiegò al campione, a voce alta, quasi come un canto che contrastasse con la sua preghiera triste.

«Nikolai, qua dentro abbiamo materiale a sufficienza per non abbandonarci a una vita da prigionieri e schiavi» disse con fare sicuro il panettiere.

«Non dico mica la farina, non dico mica il pane.

Dico i migliori calciatori che l'Ucraina abbia mai avuto. A parte tu, ci sono Goncharenko, Sviridovskij, Korotkikh, Klimenko, Tyutchev, Putistin e Kuzmenko della Dynamo, Balakin, Sukharev e Melnik del Lokomotiv. Insomma, pensaci bene. C'è una squadra intera, e delle migliori. Diciamolo agli altri e riprendiamo a giocare. Usciamo fuori da questa fabbrica, sfidiamo qualcuno. Tirando calci al pallone ritroveremo la vita, dimostreremo alla gente di Kiev che non è ancora finita!»

Fu così che nacque la Start, una squadra strana, fusione delle due maggiori formazioni della città in tempo di guerra. Undici calciatori prigionieri, undici stelle vere, allenati da un improbabile manager: un panettiere.

Il campo di allenamento divenne il cortile della grande panetteria, quella di via Degtyarevskaya, dopo turni massacranti di fatica sotto gli occhi dei crucchi. Di notte, perché il giorno era occupato dal lavoro: ripulivano lo spiazzo dalla neve, facendo dei mucchi che erano anche il segno delle porte. Erano stanchi e deboli, per il lavoro e per quella sorte, ma il gioco tornò loro presto nelle gambe, e persino i tedeschi talvolta avevano cenni di compiacimento, e un po' di ammirazione.

Il calcio è una magia strana, un linguaggio universale, è festa per il corpo e per la mente. Anche in guerra. Persino un soldato nemico riesce ad apprezzare la geometria perfetta di un'azione ben congegnata. Il capo della sorveglianza tedesca, un tale Krueger, un giorno chiamò Kordik nel suo ufficio, vicino al portone. Seduto dietro la scrivania, senza dare l'impressione di concedere alcuna confidenza al prigioniero, guardando verso un punto indefinito, sul muro, disse al panettiere che gli stava ritto di fronte:

«Il vostro paese è triste, le giornate in questo angolo di mondo sono tutte grigie e uggiose, anche se l'estate ormai è inoltrata. La nostra gloriosa truppa ha bisogno di svago e il Comando locale è in cerca di sfidanti per la squadra dei camionisti. Ho visto che avete attrezzato una squadretta di calcio. Mi sembrate abbastanza buoni. Quindi giocherete contro di noi. L'incontro è fissato per domani.»

Il 12 luglio del '42 la Start fece così il suo esordio. Fu un inizio sommesso, in un piccolo campo dietro la stazione, con quasi esclusivamente tedeschi sulle tribune e undici rudi camionisti a tirare calci al pallone. Prima di entrare in campo Nikolai Trusevich guardò il cielo. La solita lavagna grigia di nubi era un velo che copriva Kiev e la sua gente, fin dentro alla baracca nella quale si stava spogliando. Ma bastò essere pronti, la maglia e i calzoni da gioco, ed egli comprese che niente avrebbe potuto fermare la sua voglia di essere vivo. Un'occhiata ai compagni, nessuna parola, e dal mezzo del campo il loro giocare fu una vita sola. Vinsero 4 a 1, senza strafare, nonostante i tedeschi picchiassero duro e l'arbitro facesse finta di non vedere. Il premio per quella vittoria fu soltanto uno sguardo, l'indomani, mentre Kordik entrava a lavorare: incrociò gli occhi di Krueger e questi lo fissò per un istante, poi cambiò direzione, abbassando lo sguardo, senza fiatare. All'ucraino sembrò di aver vinto un trofeo, e si sentì un campione.

Due giorni più tardi fu di nuovo chiamato a rapporto nell'ufficio vicino al portone e, come se mai nessun'altra partita fosse stata giocata, il tedesco ordinò a Kordik di preparare la squadra per un incontro con la rappresentativa dei genieri.

«È un grande onore, per voi che siete poco più che cani» disse. E aggiunse secco: «Tenetevi pronti, la partita si giocherà domani».

Il 17 luglio la Start affrontò il suo secondo impegno,

e non sentì la fatica di un incontro disputato appena cinque giorni dopo la sua prima uscita. Vinsero 6 a 0. Fecero a pezzi i genieri che, comunque, si comportarono lealmente. A metà del primo tempo Goncharenko, spostato sulla destra, agganciò al volo la palla e con un pallonetto saltò il suo marcatore passando al centro area per il gol del suo compagno. E mentre quello lo abbracciava e intorno i battimani dei compagni salivano al cielo, egli vide il suo avversario venirgli incontro lentamente e, in silenzio, guardarlo con ammirazione, la bocca aperta come se volesse parlargli. Makar dimenticò il nemico, vide un uomo beffato e allargò un sorriso verso l'avversario, che invece restò immobile un istante, poi girò i tacchi. Al termine dell'incontro, nessun tedesco porse loro la mano: Goncharenko quella notte sognò il tedesco che si fermava a guardarlo con stupore, come si guarda un marziano.

Le prime vittorie della Start fecero effetto. In quella città piegata dalla fame e dalla morte, le vittorie degli ucraini furono un abbraccio, un vero gesto di affetto verso la gente che trascinava con pena la sua vita. Gli ucraini parlavano fitto dell'ultima partita, si sentivano più forti e più contenti. La grande Dynamo era tornata, sotto un altro nome, era rinata per dar filo da torcere ai nemici. Un filo di speranza.

Il 19 luglio affrontarono l'MSG Wal, una squadra magiara, roba di primo piano che giocava un calcio fine, il calcio danubiano, ricco di fantasia, velocità, tensione. Finì lo stesso con un trionfo per le stelle russe, per i panettieri. Segnarono cinque volte, in gran scioltezza, e alla fine della sfida, mentre la gente cantava di gioia, Josif Kordik accettò di giocare la rivincita, una settimana dopo.

La MSG Wal ce la mise tutta, per non perdere la faccia,

per far bella figura contro gente di livello, certo, ma poco allenata, magra e stanca per il lavoro coatto. La partita fu difficile e combattuta. Fu Pavel Komarov a dar loro scacco matto segnando il terzo gol, dopo che la MSG era stata anche in vantaggio per due reti a uno.

Alla partita, seduto in tribuna, assistette il General Maggiore Eberhardt. Nello stadio gli ucraini esultavano per la nuova vittoria, urla di giubilo e facce contente. Inneggiavano ai loro giocatori, a Komarov e Goncharenko che li avevano esaltati, a Trusevich che aveva parato da campione. Il nazista ebbe un moto di stizza. «A questa sottospecie di uomini» disse «bisogna assolutamente dare una lezione!»

Alla riunione dello Stato Maggiore qualcuno parlò di annientamento, di una mano dura che avrebbe tolto per sempre dalla faccia degli ucraini la soddisfazione. Fu ancora Eberhardt a chiedere la parola.

«Non credo che questa sia la giusta soluzione» disse con un sorriso stirato sulle labbra. «Pensate davvero che ammazzando qualcuno, che incarcerando qualcun altro, il gusto per queste vittorie possa scemare? E anche se dovessimo interrompere le esibizioni dei loro giocatori, anche se le dovessimo vietare, pensate che scorderebbero i successi, credete che non continuerebbero a pensare di essere forti e invincibili come lo sono stati finora?»

Il silenzio scese nella sala. Tutti compresero quello che il General Maggiore voleva dire. Il senso di ebbrezza che regala una rete decisiva non può finire soltanto perché non si potrà mai più giocare. Rimarrà il gusto di sapere, il piacere di raccontare come fu che i tuoi campioni piegarono quegli altri, la voglia di rievocare un gesto, descrivere un'azione. E circolando di bocca in bocca, aumentate dal senso del proibito, le gesta di una semplice partita di pallone diventeranno storia popolare, epica da tramandare con storie che saranno in tutto e per tutto un mito.

«Bisogna trovare un'altra via d'uscita» disse Eberhardt rivolto agli ufficiali, «qualcosa che in modo totale, definitivamente, tolga dalla testa di questi cani di essere i migliori. Devono tornare a essere niente di niente!»

Quest'ultima parola vibrò nella stanza come uno sparo, come una botta secca che non ammettesse condizioni. Il nazista la lasciò risuonare ancora un po', mentre con la schiena dritta soffiò con una voce diabolica la propria soluzione.

«Ci vuole una sconfitta» disse «e quindi bisogna ancora giocare. Ma giocare d'astuzia, mettere contro questa formazione, che ha dimostrato di essere molto buona, la nostra migliore squadra di calcio in circolazione, e batterli, umiliarli, dimostrare loro con i fatti che non possono aspirare a nessun tipo di riscatto.»

Tra gli ufficiali corse subito un sussurro, una parola che parve a tutti ovvia: Flakelf.

«Chiameremo la Flakelf, l'invincibile squadra della Wehrmacht» disse infine Eberhardt rendendo esplicito quel bisbigliare comune. «Faremo la partita nello stadio della Dynamo e li sconfiggeremo. Daremo a questo incontro una grande pubblicità, costringeremo gli ucraini a constatare coi loro occhi la nostra forza superiore.»

Dal giorno seguente, infatti, giornali e radio annunciarono l'arrivo dell'imbattibile squadra tedesca. Sui muri di Kiev comparvero migliaia di manifesti che esaltavano il grande incontro di calcio tra la Flakelf, squadra delle Forze Armate tedesche, e la Start, compagine locale.

Josif Kordik riunì i suoi uomini alla fabbrica del

pane. I volti erano tesi e scuri, nell'aria serpeggiava un pessimo umore.

«Amici miei» iniziò l'allenatore «non vi nascondo che questa faccenda odora di morte. Nel senso che da qualsiasi parte io la guardi, non vedo niente di buono. Voglio essere chiaro. Questo abbiamo in sorte: essere battuti, e quindi sempre più schiavi, oppure vincere, e andare incontro alla fine. Per come conosco i nazisti, infatti, non credo che accetteranno la sconfitta senza reagire. È una prova di forza, e loro vogliono dimostrare di essere i più forti. Vincere vuol dire morire.»

Nello spazio angusto del cortile, nel buio della notte, il discorso di Kordik risuonò spettrale. Una trappola gigante, un gioco mortale nel quale la loro bravura li aveva cacciati.

«Io chiedo scusa a tutti» continuò Kordik con voce incrinata, «vi chiedo perdono per aver avuto l'idea disgraziata di mettervi assieme, obbligandovi così a una scelta che in realtà non si può fare. Pensavo al riscatto, pensavo a come sapete giocare, pensavo al pallone, e invece vi ho messo in un gioco da folli. Invece vi sto mandando al macello.»

Il gruppo di uomini rimase a sedere, ognuno in silenzio ascoltò le sue parole. Solo Trusevich fece uscire la voce. Al chiaro di luna, in quel gelo feroce di un domani che sembrava perduto, il portiere parlò:

«Io non mi sento battuto. Non è giusto pensare che noi abbiamo una colpa. È chi ci opprime che ci costringe a morire. Io non scelgo, mio Josif, non c'è niente altro da fare. Io sono un portiere e posso soltanto parare. Qualcuno di voi andrebbe mai in campo con l'intenzione di sbagliare il passaggio?»

Non ci fu discussione. Non occorse coraggio per capire come si sarebbero comportati.

Quella notte il portiere sognò di giocare una strana

partita in un campo in salita. I palloni calciati dai suoi stessi compagni ricadevano indietro, gli arrivavano addosso e lui si dannava per poterli acchiappare. Eppure alla fine del gioco era riuscito a parare ogni palla che gli era arrivata. Era stanco, stremato, con la maglia inzuppata di un sudore simile al sangue. Di fronte alla porta ora aveva la Morte, elegante, gentile, vestita di scuro.

«Devo ancora calciare per l'ultima volta» gli disse con calma sistemando il pallone. «Io amo agire, come dire, con un certo... rigore.» E ridendo calciò la palla dal dischetto e Nikolai si gettò per tentare la parata. Rimase colpito da una valanga di botte, una gragnuola di colpi di mitraglia. Si svegliò all'improvviso, l'aria era quasi calda, la fronte sudata, tra le mani stringeva il suo cuscino di paglia.

Il 6 agosto fu la data stabilita. Lo stadio sembrava una piazza, un'arena infinita divisa in due soli colori. Da una parte, sulle tribune migliori, spiccava il verde delle divise naziste. Il resto era la massa scura degli ucraini e della loro speranza, della fame, della miseria più nera che in quel momento viveva una festa.

La Dynamo uscì tra timidi applausi, Trusevich in testa, si schierò al centro del campo. Boati accolsero gli altri, la grande Flakelf, il tremendo squadrone. Il gioco iniziò e secondo copione i tedeschi corsero e si buttarono avanti, accerchiarono la Start come in un assalto.

Dalla sua piccola area, davanti alla linea che segnava il confine tra la vita e la morte, Nikolai Trusevich assisteva alla lotta. Vedeva arrivare avversari di corsa, controllava con gli occhi le gran traiettorie che la palla compiva calciata con forza da una parte e dall'altra del campo di gioco. Questa volta è un massacro, pensò mentre rinviava il pallone, non possiamo resistere a un assedio continuo.

Loro erano deboli, prigionieri della fame, di un lavoro coatto, della grande tensione, mentre gli altri correvano con la voglia dei lupi. Non passò molto tempo, circa dieci minuti, e un colpo di testa del centravanti nazista arrivò come un razzo verso la sua traversa. Nikolai si lanciò quasi volando: lentamente, di sasso, il suo braccio si alzava, la sua mano pesava più di una tonnellata. Dalle urla tedesche capì che la palla era entrata.

Goncharenko gli passò di fianco e si inchinò a raccogliere la sfera. Non ci fu bisogno di parole. Solo uno sguardo, una smorfia amara. Solo un grande dolore. Poi, col pallone in mano, Makar si avviò verso il centro del campo per riprendere il gioco, però a passo lento, senza scomporsi. Seduto alla base del palo Trusevich vide quella camminata tranquilla come se stesse curiosando in un sogno: gli altri giocatori, l'arbitro, tutto lo stadio si erano fermati a guardare quell'uomo che da solo camminava lento sul terreno, tra le mani il pallone, lo sguardo sereno di chi non si sentiva sconfitto. Fu allora che dalla parte ucraina si levò un primo timido applauso, seguito da altri e altri ancora che divennero un fiume.

Quando ricominciò il gioco Trusevich capì che non si sarebbero arresi. Il pareggio arrivò infatti poco dopo e prima della fine del tempo Goncharenko scappò verso la linea di fondo e rimise la palla nel mezzo. La sfera superò i difensori e rotolò verso Balakhin lanciato di gran lena. L'ucraino alzò gli occhi verso la porta, incrociò lo sguardo del portiere tedesco gonfio di pena, vide lo spazio enorme che gli si parava davanti e, nel silenzio in cui gli parve esser piombato lo stadio, capì in un momento cosa fosse la morte. Non ebbe neppure il tempo di calcolare e, in fondo, di fronte alla porta spalancata un giocatore non può speculare. Può soltanto tirare, e Balakhin tirò, colpì quel pallone e lo piazzò in mezzo alla rete, per il loro vantaggio.

Non è questione di eroismo, non è mica coraggio, pensò mentre coi compagni scambiava un abbraccio. Volevate giocare, e io ho giocato.

Dagli spalti intanto gli ucraini avevano ripreso fiato, si capiva la gioia tra la protesta tedesca, gli ululati e gli insulti rovesciati sul campo. Qualcuno in tribuna si agitò, prese anche il fucile e cominciò a minacciare. L'arbitro fece segno che per il momento poteva bastare.

Nell'intervallo il comandante Fischer, della Gestapo, scese negli spogliatoi degli ucraini per far loro un discorso.

«Bravi, davvero, complimenti» disse con un sorriso stirato sui denti, «volevate far vedere che sapete giocare e l'avete dimostrato. Ma forse siete duri di cervello, forse non avete capito. Ora c'è il secondo tempo, quarantacinque minuti per recuperare. Vedete di andarci piano. Non è un consiglio. È un ordine» e lo disse con la sua Luger in mano.

Nel secondo tempo la palla rotolò come la loro vita, verso un senso che spesso è quello sbagliato. L'arbitro cercò di favorire in tutti i modi la rimonta, fu severo con gli ucraini e tollerante con gli altri, ma la Start fece lo stesso due gol mentre il Flakelf uno soltanto.

Sul 3 a 2 il pubblico locale con fatica tratteneva la gioia, mentre i nazisti affogavano in una nube di rabbia nera. La situazione diventò paradossale: da una parte evviva sommessi, una contentezza enorme ma implosa, dall'altra un mugghiare di urla bestiali, parole d'ira, minacciosi spari. In mezzo la Start che danzava, ricamando con un gioco veloce, con arte felice. Al quarto gol, dopo circa mezzora, l'arbitro pensò all'imbarazzo, forse ebbe timore di non esser stato abbastanza di parte, forse pensò anche alla sua sorte e decise che la partita era durata abbastanza.

La Start uscì lentamente. Tra pochi applausi coraggiosi si ritirò nello spogliatoio. Nessuno parlava, nessuno disse più niente. In un'atmosfera irreale undici uomini passarono a testa bassa tra la gente che li acclamava con gli occhi, o sputava loro addosso insulti. Sulle panche di legno, tra le maglie sudate, Sukharev intonò un piccolo canto. Josif Kordik, intanto, si accese una sigaretta pensando che ormai tutto era stato. Quando il General Maggiore Eberhardt lo chiamò si sentì condannato.

Il nazista era nero nel volto, con disprezzo profondo si rivolse a quell'altro:

«Oggi per voi è andata bene. Avete avuto fortuna. La Flakelf era stanca. Penso anche che non abbiate capito che non sto davvero scherzando. È stato certamente un caso e quindi stavolta non conta. La partita sarà ripetuta e perché voi possiate imparare, siete tutti in arresto. Il 15 dovrete ancora giocare.»

Di fronte al nazista urlante, le lacrime inondarono il volto di Kordik, e alle parole dell'ufficiale piene di grande disprezzo, il panettiere obiettò:

«Non è mica paura, Generale, è per i miei giocatori, è per il prezzo che dovranno pagare: potrete ripetere questa partita per mille volte ancora e a loro andrà la vittoria. Questo succederà se continuerete a giocare. Non vi resta altra soluzione che sparare.»

Kordik fu di parola, e la parola fu mantenuta anche dall'ufficiale. A tutti fu proibito di menzionare la prima sconfitta. Nessun giornale, nessuna radio accennò alla notizia di undici cani prigionieri che si erano fatti beffa dei padroni. Erano undici campioni e vinsero anche la seconda partita. Makar Goncharenko pianse quando marcò il gol. Questa volta la Gestapo arrivò nello spogliatoio appena terminato l'incontro. Furono picchiati, furono presi a calci come palloni, alcuni vennero arrestati e inviati al campo di Baby Yar.

Nikolai Trusevich venne trascinato in mezzo alla strada con ancora la maglia indosso, e freddato con un colpo alla nuca da un ufficiale. L'uomo era stato un droghiere bavarese, grosso e gioviale. A casa aveva una vecchia madre e un fratello più anziano che mandava avanti il negozio. Era uno spirito pratico. Lavorare e risparmiare. Aveva sempre badato a far fruttare bene le cose. Di fronte a quel portiere, ancora vestito da calciatore, pensò che un colpo solo potesse bastare: per ammazzare un uomo un colpo è più che sufficiente. Basta spararlo dritto alla testa, senza rimetterci niente, anzi si può aggiungere il disprezzo e lo scherno di una spiegazione. Per questo si mise a lato di Trusevich e disse al campione:

«Ora para anche questo, vedi se ci riesci.»

Era uno spirito pratico e mancava di immaginazione. Per questo non seppe mai che mentre il proiettile usciva dalla pistola, dalla sua destra Trusevich lo vide arrivare, veloce e dritto, e si tuffò per parare.

A Pa'

Io penso che ci si debba spendere fino all'ultimo,
e che quindi si debba anche sbagliare.

Pier Paolo Pasolini

Il pomeriggio del 4 luglio 1954 Pier Paolo Pasolini uscì di casa alle tre esatte. Il sole picchiava su Roma e scioglieva le figure dei pochi passanti rendendoli inquietanti fantasmi diurni. L'aria era immobile, silente, e in quel momento egli pensò che non sarebbe mai più accaduto niente, il mondo pareva essersi fermato dopo un'esplosione nucleare, bollito dal calore di una bomba che aveva liquefatto la vita come fosse un ghiacciolo.

Rasente i muri, sfruttando le rare lame d'ombra, Pasolini risalì via Ostiense, dietro la centrale, dove gli scheletri dei palazzi in costruzione parevano vele alzate contro un vento inesistente. Andando verso di loro la strada si fece sterrata, piena di sassi e polvere. Una sottile patina rosa che copriva come borotalco le cose. Accanto al primo palazzo, quello più grande, un cumulo di macerie alto come un monte nascondeva la buca di uno scavo, le fondamenta nuove di un altro casone, un altro dente cariato sulla terra. Era domenica e il cantiere deserto. Tutto sembrava fermo e sospeso.

Una tregua – Pasolini pensò – oggi non c'è guerra.

Ma mentre considerava quel silenzio guardando la

città nascere dal nulla, sentì all'improvviso un richiamo soffocato, gridato a denti stretti come per non disturbare.

«A Spì datte 'na mossa che qua vie' nnotte se nun fai de prescia» disse la voce che gli sembrò di uomo anziano. «Allungame la robba e famo presto...»

Pasolini salì sulle macerie attento a non far rumore. Si sdraiò sulla cima del monticello e cominciò a sbirciare.

Faccio come gli Indiani, pensò quasi stesse giocando. Guardo senza farmi vedere, rimango ad ascoltare.

Al limite del grande buco iniziava la recinzione del cantiere, una serie di pali di legno e di lamiere delimitavano la parte in costruzione. Poco più in basso del punto da dove lui guardava, nella lastra di metallo c'era un buco, come un'orecchia di carta all'angolo di un foglio. Accanto a quella breccia un carretto e un uomo grosso come un armadio, in canottiera. L'uomo era certo quello che aveva parlato e stava di spalle, ma anche se era girato dava mostra di essere nervoso e in apprensione. Si guardava attorno impaziente, con una mano si picchiava sulla coscia e con l'altra continuava a lisciarsi il velo di barba, quasi volesse darsi una carezza e rassicurarsi, tormentandosi la faccia per dirsi "non ti tormentare".

Dopo pochi minuti da dietro la lamiera si sentì un rumore, qualcosa strisciare, quindi un fischio leggero, come se un passerotto avesse cominciato all'improvviso il canto. A quel suono l'uomo fece uno scatto e si abbassò verso il pertugio, poi prese qualcosa e cominciò a tirare. Come un prestigiatore, di colpo, gli apparve tra le mani una grossa sbarra di ferro, che con molta cautela posò sul carretto che gli stava accanto.

«Vabbene così, Spì» gridò nel buco a mezza voce, «butta puro tutto quanto che ppoi se n'annamo via come du' sospiri.»

Dall'altra parte della recinzione qualcuno continuò a passare travi di legno, tondini, materiale da costruzione, e in pochi minuti fu tutto caricato. Allora l'uomo disse solo «Daje» cominciando a muovere il carretto verso la strada.

Passò sotto il monticello dove Pasolini, pur acquattato, vide chiaramente il sudore colargli dalla fronte, i muscoli rotondi e gonfi per lo sforzo. Rimase a guardarlo fino a che scomparve dietro l'angolo giù in fondo, sparire dentro il mondo senza rimorso.

Quando si voltò verso la lamiera, un ragazzetto se ne stava seduto accanto al buco. Avrà avuto dodici anni, sì e no, magro e sudato, e aveva la testa appoggiata contro il petto come se si fosse all'improvviso addormentato.

Pasolini rimase a guardarlo per qualche minuto pensando che non fosse cosa saggia starsene in quel modo, all'aperto, sul luogo di un furto appena commesso. Inoltre era un po' preoccupato nel vederlo immobile, la schiena contro la lamiera, la testa abbandonata di una persona che pareva arresa. Pensò che potesse aver bisogno di aiuto e si fece avanti. Scese dalla collinetta, si pulì i calzoni strisciando il palmo della mano sulle gambe, poi girò attorno alle macerie e andò verso il ragazzo. Camminava leggero, andava cauto, convinto che quello sarebbe schizzato come un razzo vedendo arrivare uno sconosciuto. Il furto compiuto, la cattiva coscienza, normalmente avrebbero suggerito una fuga. Invece non dette segno di preoccupazione. Al rumore dei passi sulla ghiaia alzò di appena qualche centimetro la testa, sbirciò di sotto in su verso quel rumore, e poi riabbassò il capo contro il petto.

Pasolini gli arrivò di fronte, ritto in piedi, rimase interdetto non sapendo in quel momento cosa fare. Allora gli si sedette accanto, contro la lamiera, e a così poca distanza da lui comprese tutto. Sentì da dentro quel torace salire un raschiare sordo, lo stesso respiro aspro e tirato di uno che cerchi l'aria con fatica. La maglietta a righe era zuppa di sudore, gli stava appiccicata mettendo in risalto le costole sul fianco. Il cuore gli si strinse, ebbe paura che quel ragazzino magro e lungo si spezzasse davanti a lui come un grissino.

«Va tutto bene?» gli domandò allora.

Il ragazzo fece sì col capo, un paio di volte.

«È cche ci ho l'asma e nun respiro» disse. «Cor caldo e 'sta polvere poi è 'na traggedia. Me pija, e cce sta un po', ma doppo passa.»

«Forse hai fatto uno sforzo troppo grande. Era roba pesante e con questa calura si respira male anche a star fermi» disse Pasolini senza malizia, con il tono di voce giusto per fargli sapere che lui aveva visto ma non si doveva preoccupare.

Il ragazzo infatti non ebbe reazione. Continuò a rimanere fermo, ad ansimare con quel suono aspro che però andava scemando. Rimasero così, in quella quiete rotta soltanto dal raschiare del respiro, finché anche quello sparì del tutto e fu silenzio.

«Ma tu che ccerchi qua? Che stai a spia' la ggente che lavora?» fece il ragazzo, ma con un mezzo sorriso come a fargli capire che fidarsi si fidava, ma stava in guardia.

«Non cerco niente, andavo in giro» disse Pasolini ricambiando il sorriso.

«Mi piace girellare tra i palazzi in costruzione, guardare come è qui, adesso, e pensare come era, e come sarà quando tutto sarà stato. Giro coi miei pensieri e poi spesso ho belle sorprese. Case sorte dal nulla, strani paesaggi, gente che arriva a vivere qui, incontri nuovi. A volte trovo qualcosa che non mi aspettavo. Come per esempio oggi te, che... lavoravi.»

«Ecche cce fai co' sta robba? Io armeno cor fero ce campo. Riempo er caretto der Pazzo e faccio i sordi, che senza le lire nun se magna» disse il ragazzo in modo deciso, lo sguardo piantato negli occhi dell'altro, come a spiegargli una cosa naturale che solo lui, sventato, non sapesse, qualcosa che certamente non sapeva fare.

Pasolini rimase colpito dallo sguardo, dalla decisione, dalla forza che quello scricciolo sprigionava. In quel momento gli parve davvero di essere vivo, tra la polvere e i fantasmi dei palazzi qualcuno gli insegnava quello che altrimenti non si può imparare. Quello che è brutto e bello, quello che puzza e profuma, che vive eppure fatica a respirare. Così non disse nulla, allargò solo un sorriso e appoggiò la testa contro la lamiera lasciando che il caldo gli coprisse le guance, gli avvolgesse il collo e le spalle in una carezza totale.

«Comunque, io so' Renatino, ma tutti me dicono Spino perché so' mmagro e pungo, nun so' se me spiego» disse il ragazzo allungando la mano.

«E io mi chiamo Pier Paolo, ma chiamami pure come ti pare» rispose Pasolini ricambiando una stretta forte e sudata.

Fu così che nacque l'amicizia tra Pasolini e Renato Panizza, detto Spino, in un giorno di un luglio infame di caldo, con i soli palazzi in costruzione testimoni di quella conoscenza tra un poeta e un ragazzino.

Parlarono molto, quel pomeriggio, della famiglia di Spino, di origine abruzzese, venuta a Roma per vivere meglio di quanto potesse fare in campagna, di dove abitava, a Monteverde in un casermone, del fiato che gli mancava a causa del cemento e della passione sua, il calcio, che giocava a fatica per quel respiro mozzo che non lo lasciava in pace. Scoprirono in quel modo cose comuni, strane per due persone a prima vista tanto diverse. Anche il poeta amava il pallone, amava giocare, e con il ragazzino intavolò una lunga discussione sul football, su squadre e formazioni, su come si deve impostare il gioco in contropiede.

Un paio di ore più tardi, il sole un po' più basso, Spino chiese a Pier Paolo se avesse nient'altro da fare, se avesse voglia di accompagnarlo verso Monteverde, dietro i casermoni, dove in mezzo ai palazzi in costruzione aveva un appuntamento con la sua banda. Catena, er Manetta, Montesano, e tutti gli altri con cui aveva fissato una partita.

«Ben volentieri, Spino, ma a una condizione: che possa giocare anch'io. Io sono bravo. Sono un'ala sinistra eccezionale. Lo sai fare tu il doppio passo alla Biavati?» e mentre parlava si era già alzato, aveva agganciato un pallone immaginario e con il piede gli aveva dato una carezza, poi era corso in avanti danzando in leggerezza con una rapida mossa di gambe, un ritmo binario concluso con un tiro potente a un sassetto, verso la lamiera che risuonò come un gong cinese.

«Ammazza Pa', quanto sei gajardo. Ma 'ste cose le devi da fa' cor pallone, che a gioca' coll'aria so' capaci tutti. Annamo va', che è tardi, movete er culo...»

Arrivarono a Monteverde, sullo spiazzo, che già il pallone girava tra le gambe di una decina di ragazzotti scalmanati. Spino chiamò er Manetta, uno spilungone grande e grosso che sembrava il capo. Gli presentò Pier Paolo, e disse:

«A Mane', questo è 'n amico, è uno gajardo a ggioca'. È un'ala sinistra ma dice che saffa' anche er mediano.»

Il Manetta squadrò Pasolini, gli strinse la mano:

«Per me vabbè, er campo è ggrande, un cojone in più o in meno nun fa diferenza.»

Poi chiamò Catena e gli disse:

«Mo' scegli i pischelli, famo le squadre e cominciamo, prima che venga notte. Io me so' rotto.»

Così si divisero i presenti, cinque per parte, scegliendo a turno dal gruppo in mezzo al campo. Spino si mise in porta, per via del suo respiro, e Pasolini all'ala, a lato del Manetta. Al via, più che una partita sembrò una rissa. Là dov'era il pallone si creava un'orda di gambe e calci, una mattanza. Le urla riempivano lo spiazzo tra i palazzi fino a stiparlo, richiami per la palla, maledizioni e bestemmie. Soltanto Pasolini, in mezzo a quella pazza danza cercava di dare un senso al gioco, di avere un piano. Se ne stava diligente all'ala, chiedendo palla, e quando l'aveva tra i piedi non pensava solo a scartare: urlando consigli, agitando la mano, ordinava ai compagni la giusta posizione, richiamava ora uno ora l'altro, smistava il pallone.

Forse fu perché era un adulto, forse fu soltanto la passione con cui giocò quella partita, neanche fosse un'importante finale, ma a quei ragazzi il poeta sembrò un pazzo soave, una specie di profeta giunto da lontano a spiegare loro il mistero della palla. In mezzo a quel caos originario, dietro quella guida, er Manetta intuì realmente il senso del gioco. Capì che non gli conveniva caricare come un toro tutte le volte che la palla gli passava davanti, ma usando Pasolini come un muro poteva fare un triangolo e scambiare e poi, senza l'assillo degli altri ragazzetti addosso, aspettare il pallone di ritorno, dopo aver osservato dove fosse piazzato Montesano, e dove er Brutto, decidendo al meglio cosa fare.

Alla fine della partita, morti sfatti, seduti sul prato presso la fontana, er Manetta chiese al poeta se ci volesse stare, se avesse voglia di tornare ogni tanto al prato per fare qualche partita.

«Me piacerebbe davero fa' 'na squadra, co Spino in porta e noantri nove pischelli avanti. 'Na squadra vera, nun so se me spiego. Te poi fa' l'ala e anco l'alenatore. Ce stamo io, er Catena, Montesano, er Brutto, 'o Zoppo, Remo, More', Spino e Agnolo er Pugnetta.

Famo trema' tutto Monteverde e magara annamo a briscola' puro da qualche antra parte.»

Pasolini accettò con gran piacere. Disse che era felice, che era proprio contento. Si strinsero le mani, le pacche sulle spalle furono tante, e infine si lasciarono con un appuntamento. Si sarebbero visti fra tre giorni, per fare la squadra e conoscersi un po' meglio. Poi avrebbero cercato un altro gruppo per provare a fare una partita vera.

Mentre Pasolini se ne andava, tornando verso l'Ostiense, Spino lo chiamò urlando da lontano.

«A Pa', ma nun c'avemo er nome! Te che parli bbene dacce 'na mano. Come se chiama 'a squadra, come se chiamamo?»

Qualcuno da in mezzo al gruppo disse «Fij de 'na mignotta» e scoppiarono risa, altre proposte vennero scartate, fino a che pian piano nella banda scese il silenzio e ognuno guardò verso il poeta che stava pensando.

«Io propongo Caos, che mi sembra appropriato, per lo stile del nostro gioco, ma anche per la situazione» e allargò lo sguardo verso i casermoni, e i mucchi di cemento, e la sporcizia che contornava il campo mezzo spelato.

«Caos vuol dire anche confusione, la confusione dalla quale proveniamo tutti, dalla quale si dice sia stato creato il mondo, da dove tutto è nato e nella quale alla fine tutto si perde.»

Fu in questo modo, mentre il sole tramontava dietro i palazzi, che un poeta e dieci ragazzi fondarono il Caos di Monteverde.

Pasolini fu di parola. Almeno due volte alla settimana arrivava verso sera al campetto dove l'aspettava la banda di Spino e del Manetta. Spesso cercava di dare loro qualche indicazione tattica, con molta fatica, perché la masnada, fedele al nome che si era data, era poco propensa ad ascoltare, a imparare qualsiasi disciplina. Ci volle del tempo, ci vollero anche pazienza, richiami, urla, bisticci, litigate, ma certamente a quei ragazzi dalle vite sbandate, trasmise un po' della passione che ogni volta metteva quando correva sul campo, lungo la linea di fondo, calciando il pallone. E dopo il gioco, intorno alla fontana, minuti passati in silenzio, oppure a raccontare le gesta del Bologna che da ragazzo aveva amato e visto giocare come si può vedere solo in un sogno un desiderio.

«Sapete» diceva ai ragazzi sudati, «giocare a calcio è come dipingere, e come comporre poesie, scrivere un racconto. Per questo va fatto con passione. Ognuno di voi ha un modo suo particolare di correre, di fare un lancio, di contrastare, e quando uno riesce a realizzare quello che ha in testa allora è davvero contento. E questo è il bello del gioco.»

In poche settimane il Caos diventò quasi una squadra, con un qualche senso e una precisa formazione, dieci ragazzi rapidi e un poeta, con il suo fuoco, ma fino ad allora non avevano ancora incontrato un vero avversario.

«A Pa', me pare che mo' semo forti davero, ma stamo a ggioca' sempre co' 'sti du' pischelli intorno a Monteverde. Robba da poco. Me piaceresse vede' che combinamo affa' 'na partita a l'estero, in trasferta» disse una sera il Catena bevendo alla fontana.

Convennero che era il momento di provare. A fine agosto Pasolini prese accordi con una squadretta che giocava all'Ostiense. Ci fu all'inizio qualche discussione. La squadra era formata da ragazzi attorno ai quindici anni, e la presenza di un uomo adulto fu considerata sleale. Pasolini trattò. Venne anche il Manetta. La discussione si alzò di tono e durò a lungo, finché non si decise, per essere alla pari, che per la parte ostiense avrebbe giocato il fratello di Filippetto Giordano, grosso come un armadio e di trent'anni, scaricatore ai magazzini generali.

«Così so' cazzi» fece Filippetto con un gesto di sberleffo verso il Manetta.

«Sì ma ppe vvoi» rispose questo duro duro «che nun ce lo sapete che è er Caos de Monteverde. È 'na forza pura. Giocamo cor modulo che c'aveva er Bologna, c'avemo n'ala che è come 'n arioplano, e du' mediani che davero nun se passa. Noantri nun giocamo ar calcio, noi semo poeti.»

La partita si giocò il 30 agosto del '54, e fu la prima di una serie di vittorie del Caos. L'esordio in un campo avversario non fu il migliore perché, a dispetto delle dichiarazioni del suo capitano, er Manetta e gli altri tradirono l'emozione del debutto. Iniziarono molli, senza grinta. Er Brutto, a cui era affidato il centrocampo, si impappinò un paio di volte perdendo palla, tra le bestemmie e le urla dei compagni. Presero un gol balordo, per colpa di Spino che si era distratto e non aveva fatto attenzione alla rimessa che lo Zoppo gli lanciò dal fallo laterale, cosicché si infilò nel mezzo un ostiense, Duccio er Papale, che piazzò una botta a fil di palo, tra gli sfottò della gente.

Pasolini però non disperava. Era convinto del valore della squadra e visto che dopo la rete era sceso il morale, chiese al Brutto di spostarsi all'ala e lui si mise al centro, a smistare palloni e a fare gioco. Così, sotto la sua guida, a poco a poco la squadra riprese convinzione e fece faville. Segnarono il Catena, Montesano, due gol il Manetta e uno anche Pasolini. L'ultimo, girando al volo un passaggio del Brutto. Finì 5 a 2, e fu un trionfo, perché non fu sublime solo il risultato, ma la vittoria ottenuta su rimonta, il carattere e la qualità del gioco dimostrati. Persino il pubblico,

pubblico avverso che all'inizio aveva fischiato, alla fine riconobbe il valore della squadra, di quei ragazzi che adesso si sentivano campioni.

Filippetto Giordano, moscio moscio, pattuì con il Manetta la rivincita, ma perse anche quella, per 8 a 1. Poi fu la volta di un giro a Testaccio, 6 a 0 per il Caos, tondo tondo, 5 a 1 al posteggio dietro San Paolo, con la Garbatella. Il ritorno fu un 8 a 3, quasi un massacro.

In poco tempo la fama di questa squadretta girò i quartieri e arrivò persino a Ostia, un pomeriggio. Pasolini era con il ristoratore Luigi Orlandi, detto Giggio, e stavano facendo due chiacchiere al Bagno Ondina. Un gruppo di ragazze si era dato da fare per organizzare una partita sulla spiaggia. Turisti stranieri, ragazzi inglesi, contro i locali, che in verità non avevano nessuna voglia di giocare. Quegli altri invece erano capaci, gente potente e bene allenata che fece un boccone dei romani. I bagnanti facevano contorno sulla spiaggetta, urlavano incitamenti e insulti, ridevano, erano davvero vivi. Pasolini si perse dentro quella confusione, anche lui divertendosi a seguire la partita in mezzo alla bolgia che si era creata. Fu quando Giggio Orlandi imprecò per la pochezza della compagine italiana che pareva senza passione, senza rispetto per il gioco, che il poeta gli parlò del Caos di Monteverde.

«Perché non venite a giocare qui, all'Idroscalo? C'è la squadretta dei ragazzi che è 'na bbomba. Voglio proprio vede' i tuoi pischelli che sanno fa' contro quelli dell'Ostia. Sono ragazzi sui diciott'anni, e molto tosti. Io ce metto la coppa. Famo er Trofeo del Lido, vedrai che rrobba!» disse Giggio dopo il racconto.

Si decise per la sera del 10 settembre, una partita secca, da giocare sul campetto all'Idroscalo. Il Manetta e gli altri furono perplessi.

«A Pa'. Ma quelli so' gajardi, so' più grandi de noi, e menano duro!»

«Ma noi siamo una squadra, non vi ricordate? E poi non è mai detta l'ultima parola. Abbiamo già dimostrato di essere capaci di dare un senso al nostro giocare. Nella vita bisogna provarci, spendere fino in fondo quello che abbiamo, a rischio di sbagliare» rispose Pasolini, e li convinse.

Sul campo dell'Idroscalo di Ostia il Caos di Monteverde giocò la partita secondo la sua fama. Giggio Orlandi procurò anche delle vere maglie che a molti ragazzetti andavano un po' larghe. Remo e il Pugnetta, per esempio, giocarono con maniche arrotolate e un salsicciotto attorno ai calzoncini, tra le risa e gli schiamazzi dei presenti. Al Manetta, alto e allampanato, la maglia gli arrivava all'ombelico. Forse per questo, o per il fatto che l'impegno gli sembrò più grande dell'onore, prima di entrare in campo si avvicinò a Pasolini e sottovoce gli disse:

«A Pa', fa' tu er capitano, io nun me ce la sento.»

Così fu lui ad andare al centro, a presentarsi all'arbitro, tal Moricone, e a stringere la mano all'altro capitano. Nel sole che intanto tramontava, il poeta vide avanzare in controluce l'ombra di un ragazzo snello, un'ombra perfetta, che si muoveva con una grazia leggera, scivolando. La testa era una corona di riccioli, gli occhi due tondi azzurri, una bellezza che per un momento gli tolse il fiato di netto.

«Piacere, io so' Riccetto» gli disse allungando la mano. «Nun stamo gnanche a comincia', tanto per voi è finita» fece allargando un sorriso disarmante. Pasolini disse qualcosa, controllò il sorteggio, scelse il lato del campo con voce esitante e poi ricambiò la stretta all'arbitro, e all'avversario.

Per tutta la partita giocò bene, come al solito si impegnò fino alla morte, ma ogni volta che si avvicinava all'area avversaria evitava di guardare verso Riccetto, che era il portiere, fuggiva lo sguardo di quegli occhi azzurri che non lo lasciavano respirare. Chiamava la palla, parlava ai compagni. Pensava a giocare.

L'Ostia Idroscalo era davvero tosta, ma il Caos non fu da meno, e pure se gli altri erano più esperti e meglio organizzati, i ragazzi del Monteverde ci misero il cuore, corsero e soffrirono come si doveva, giocando di fino o picchiando quando occorreva.

Il punteggio fu davvero un'altalena: prima marcò l'Ostia, poi pareggiò il Catena con una sforbiciata degna di Parola. Segnò ancora l'Ostia, con un certo Martini, e fece pari il Moretto, su punizione. Quindi Pasolini mise in porta una sventola tirata da lontano, e ancora pareggiarono gli altri con un rigore assegnato giustamente per un intervento del Pugnetta, un fallo di mano.

Alla fine del tempo regolamentare, dopo tutti quei colpi di scena il punteggio era ancora in parità, né vincitori né vinti. L'arbitro chiamò al centro i capitani e disse: «Famo i supplementari, un quarto d'ora ognuno, la coppa la devemo puro da' a quarcuno...», ma anche quel tempo aggiunto non decise niente. Segnò ancora l'Ostia e ancora il Monteverde. Così fu chiamato Giggio Orlandi e Moricone gli chiese:

«Che ffamo? Se proprio vuoi da' 'sta coppa suggerisco i rigori. Come da regolamento internazionale. Tirano cinque volte per parte e chi segna segna.»

Giggio annuì e si continuò la sfida.

Calciarono prima i locali, e fecero il punto, poi fu la volta di Remo che tirò fuori. La disperazione del Caos si sentì chiara, salì più alta delle urla dell'Ostia che se la rideva. Ma dopo un nuovo turno di rigori andato in pari, fu uno di casa a sbagliare il tiro, e il Caos andò in pareggio fino all'ultimo giro, quando Spino parò una botta micidiale che un tale Andreucci gli aveva sparato nell'angolo di destra. Una grande presa. I suoi compagni fecero festa, gli furono addosso, con pacche, abbracci e baci tanto che per un momento rischiò di soffocare. Pasolini fu l'ultimo a tirare, quando era pari il punteggio. Il tiro decisivo.

Il poeta prese con le mani il pallone, lo strinse come se volesse schiacciarlo, poi se lo fece rimbalzare qualche volta accanto, mentre lui era serio serio, come se stesse pensando. Che pensa in quei momenti un giocatore? Ha la mente sgombra, oppure è in preda al terrore che un istante di follia butti al vento tutto? Sono solo undici metri, la porta davanti è immensa, eppure far passare il pallone sembra un'impresa. Quella sera, al campo dell'Idroscalo, Pasolini era il Caos, era dieci ragazzi con un sogno affidato ai suoi piedi, a quell'unico calcio da tirare. Dieci ragazzi dentro di sé, dentro il suo petto e davanti a lui gli occhi azzurri di Riccetto che l'avevano fatto di colpo innamorare.

Il poeta posò il pallone sul dischetto, fece due passi indietro fissando la terra. Poi scattò in avanti e tirò senza guardare. Il pallone si infilò in rete e lui sentì un boato, mentre il Manetta, Spino, il Catena già gli saltavano addosso. Dal mucchio dei compagni, un temporale di abbracci, vide Riccetto sdraiato sulla linea di porta.

Mentre Giggio arrivava con la coppa promessa, e i ragazzi del Caos erano stelle, lui andò verso il portiere, col cuore in tumulto.

«Mi dispiace davvero» gli disse.

Il ragazzo piangeva.

Le urla felici, le lacrime negli occhi del portiere battuto.

Pasolini sentì che era tutto perduto.

Dover battere un rigore

La faccia di Bitossi, quando perse per mezzo metro il campionato del mondo di ciclismo. Il suo incedere lento verso il traguardo ormai vicino, sul rettilineo di Gap, in leggera salita. Un traguardo sempre più lontano che sicuramente gli mangiò un pezzo di vita, assieme alla ruota di Basso, suo compagno, che gli rubò il mondiale.

Le lacrime di Ale, il giorno in cui morì Meroni, preso sotto da un auto come un gatto. Piangeva in silenzio, un pianto doloroso di una pena vera. La televisione in bianco e nero, quella sera, il caschetto di Meroni come quello dei Beatles. I suoi calzettoni.

Le partite alla radio, Niccolò Carosio, il campo in chiaroscuro dei primi piccoli schermi; e la sorpresa di luce, allo stadio, nel vederlo colorato, un trionfo di splendore e di voci.

Giando che parlava del Grande Torino. Ne parlava con amore, e prima recitava la formazione, un rosario di nomi, una magica premessa per mettere in campo i protagonisti dell'impresa. Lui era come me, era un bambino e non aveva mai visto giocare né Mazzola, né Loik, né Bacigalupo. Ma ne parlava con in bocca la merenda, assicurando di averli visti giocare cento volte. Valentino lanciava rasoterra il pallone, la forza di Gabetto, Maroso con il petto dritto, tra la folla. A me non importava nulla che fosse tutto falso, che Giando si inventasse le partite. I nomi di quei giocatori da favola erano già una storia, e io stavo ad ascoltarlo raccontare azioni immaginarie, lo ascoltavo rapito, con il cuore in gola. Era quella la nostra epica, quella era la nostra moviola.

Mazzinghi e il coreano, nel macello di San Siro. Il suo volto stanco, lo sguardo perso e infinito per la trappola dove si era obbligato a fare riprese che non durarono tre minuti, ma mesi, interi anni, e l'altro coreano, con le braccia al cielo, dopo aver infilato i nostri campioni.

La capriola di Gilles che partiva verso il cielo e atterrava contro una rete proprio come fosse un pallone, un cartoccio di carta in un angolo di strada.

Simpson che arrancava, cascava, risaliva e poi cascava ancora come probabilmente si cade dentro un sogno senza fine, sul Ventoux, dov'è rimasto a pedalare. Per Simpson presi un brutto voto a scuola, per una risposta che diedi sul Monte Ventoso, quello che doveva esser di Petrarca, ma per me era la tomba di un uomo che si era schiantato in mezzo al sale. La professoressa non capì, mi trattò male, si offese, quasi cominciò a urlare.

«Parliamo di letteratura e non di ciclismo» mi disse «non c'è niente da scherzare.»

Ma io, ancora oggi, ho queste e altre facce davanti, e prima di dormire disegno nella mente le più forti formazioni: metto nella mia squadra fuoriclasse, immagino azioni finché il sonno arriva e la paura non mi abbandona. Ogni tanto mi ci metto anch'io, tra Garrincha e Cruiff, tra Platini e Maradona.

L'ho fatto anche alla fine della mia prima vita, sgangherata e malata. Era il 1990, e io ero dentro un ospedale. Baggio invece giocava in Nazionale. Gli ho fatto fare un gol spettacolare in rovesciata, su mio passaggio, poi ho lasciato che cominciassero a riattaccarmi il cuore. Non è stata una questione di coraggio, non c'è molta scelta in quel tipo di questioni: si vive o si muore. Un po' come una finale. Un po' come dover battere un rigore.

Forse è stato allora che ho deciso di scrivere queste storie, sbucate da un ricordo e da un sogno, mezzo addormentate. Storie vere e immaginate, come quelle che mi raccontava Giando addentando il panino.

I personaggi

Fausto Coppi

Nacque in un paesino tra Tortona e Novi Ligure, alle cinque di pomeriggio del 15 settembre 1919. Era figlio di contadini e fu lui stesso contadino fino a quattordici anni quando diventò garzone in una salumeria di Novi e, grazie a quel mestiere, iniziò a pedalare. Nel 1938 disputò le sue prime gare da dilettante, passando al professionismo nel 1940 e vincendo subito il Giro d'Italia. Da allora si impose su tutti i percorsi, in tutta Europa, tanto da essere definito semplicemente "il Campionissimo". Era un corridore completo, forte scalatore ma anche capace di imprese memorabili contro il tempo, come quando, nel 1942, tolse ad Archambaud il primato dell'ora. Secco, due grandi occhi scavati attorno a un naso appuntito, e con un incredibile petto capace di oltre sette litri d'aria, Coppi ha segnato la storia dello sport con imprese di assoluto valore, "inventando" il ciclismo moderno, introducendo diete e preparazioni specifiche, avvalendosi di pratiche mediche che furono spesso causa di aspra polemica con il suo grande rivale, Gino Bartali. Morì tragicamente alle 8.45 del 1° gennaio 1960, per una febbre malarica non riconosciuta dai medici italiani, contratta durante una gara in Africa. Una morte assurda che contribuì a tramandarne la leggenda, il mito di un campione che il radiocronista Mario Ferretti, nelle cronache del tempo, aveva immortalato in un celebre, indimenticabile incipit: «Un uomo solo al comando, la sua maglia è biancoceleste, il suo nome è Fausto Coppi».

Guy Moll

Fu una meteora dell'automobilismo. Corse per una sola stagione, il 1934, eppure lasciò un ricordo indelebile in chi lo vide gareggiare. Enzo Ferrari, nel suo libro di memorie *Le briglie del successo*, lo indica come uno dei più grandi assi del volante mai esistiti. Di madre spagnola e padre francese emigrato in Algeria, Moll, sempre secondo Ferrari, fu uno dei pochi piloti degni di essere accostati al grande Tazio Nuvolari, per aggressività, disinvoltura di guida, capacità di affrontare il rischio estremo. Esordì a Montecarlo e, alla sua prima corsa, vinse all'ultimo giro il Grand Prix più difficile. Morì sul circuito di Pescara, in circostanze mai chiarite, durante le prove della Coppa Acerbo. Era il 15 agosto 1934, aveva solo ventiquattro anni.

Il Grande Torino

Bacigalupo, Ballarin, Rigamonti, Maroso, Grezar, Castigliano, Ossola, Loik, Gabetto, Mazzola, Ferraris, Menti. Era una squadra eccezionale: i suoi record sono ancora oggi strabilianti. Tra il 1942 e il 1949 fu praticamente invincibile, conquistando cinque campionati nazionali di calcio consecutivi. In casa rimase imbattuto dal 17 gennaio 1940, dopo 93 incontri disputati (83 vittorie e 10 pareggi). Non fosse stato per l'interruzione della Guerra Mondiale il Torino avrebbe probabilmente raggiunto risultati ancora più incredibili. Giocava nel piccolo stadio di via Filadelfia, una bolgia granata tra le cui mura la sorte degli avversari era segnata: allo squillo della tromba del ferroviere Bormida il capitano Valentino Mazzola si rimboccava le maniche. Era il segnale dell'attacco che, inevitabilmente, era capace di capovolgere qualsiasi risultato sfavorevole. La forza dei suoi giocatori fu tale che ben dieci su undici furono anche componenti della Nazionale. Il pomeriggio del 4 maggio 1949, di ritorno da una trasferta in Portogallo, l'aereo che riportava a casa il Torino si schiantò contro il muro di cinta della Basilica di Superga, sulla collina che sovrasta la città. Non ci fu nessun superstite. Quel giorno iniziò il mito di una squadra di campioni invincibili.

Garrincha

Si chiamava Manuel Francisco dos Santos e nacque il 26 ottobre 1933 a Pau Grande, una favela distante una trentina di chilometri da Rio. Ancora piccolo, venne colpito dalla poliomielite, e le gambe gli rimasero gracili e rachitiche finché la sua incredibile volontà e l'estremo tentativo di un medico non gli permisero di riacquistarne l'uso completo. Esse rimasero, comunque, irrimediabilmente deformi. Per questo, in famiglia, venne soprannominato Garrincha, passerotto dalle gambe storte. Aveva diciassette anni quando Nilton Santos, il grande terzino, lo vide giocare intuendo subito l'unicità della sua micidiale finta. Lo propose al Botafogo, squadra dalla quale Mané iniziò la sua strepitosa carriera che lo porterà a vincere per ben due volte il campionato del mondo di calcio, diventando uno dei simboli di questo sport. Mandava in visibilio le folle con il suo dribbling, sempre uguale ma irresistibile, e per questo suo numero da giocoliere venne chiamato "l'allegria della gente". Era una persona semplice, quasi sprovveduta nella sua ingenuità: visse senza calcoli, lasciandosi guidare dall'indole schietta. La sua stella declinò infine in una parabola discendente misera e triste, segnata dalla burrascosa storia d'amore con la grande cantante Elsa Soares. Grasso e malato, trascinò gli ultimi anni della sua esistenza tra malinconiche esibizioni della sua antica arte e abissi scavati dall'alcool, finché la morte non lo colse il 20 gennaio 1983. In miseria, solo e dimenticato.

Jack Jonson

Nacque il 31 marzo 1878 a Galveston, nel Texas. Da ragazzo lavorò nei campi di cotone, poi come scaricatore nel porto della città e quindi iniziò a vagabondare per il Texas, facendo lo stalliere e l'allenatore nelle palestre. Scoprì la boxe a Boston, guardando Joe Walcott allenarsi. Nel 1899 iniziò una carriera che durerà quasi trent'anni e lo porterà ai vertici delle classifiche mondiali nel 1908 quando, in uno storico combattimento, demolì il rivale Tommy Burns. È da molti critici considerato il più grande peso massimo della storia del pugilato: grande, forte, coordinato, stilista perfetto, buon picchiatore, era letteralmente un maestro dell'arte della finta. Combatté per 114 volte perdendo solo 7 incontri. Personaggio controverso, spesso eccessivo, Johnson era solito girare gli States al volante di una Duesemberg sportiva, accompagnandosi a ragazze bianche e sempre vistose, fatto che gli procurò parecchi fastidi in un paese ancora fortemente razzista. Amava vestire con ricercatezza e suonare il contrabbasso, sfoggiando un sorriso che venne considerato dai suoi nemici come lo sprezzante ghigno di uno sbruffone. Morì il 10 giugno 1946, in conseguenza a uno stupido incidente stradale. Poche settimane prima si era ancora esibito sul ring contro il suo grande rivale Joe Jeannette. Aveva sessantotto anni.

Tazio Nuvolari

Nacque a Casteldario, in provincia di Mantova, il 16 novembre 1892. Piccolo, segaligno, era dotato di un coraggio inarrivabile, che gli permetteva di unire la qualità tecnica a una esasperata ricerca del rischio. Pilota eccelso, su qualsiasi tipo di macchina, su qualsiasi tipo di percorso, in qualsiasi circostanza fu capace di giocarsi il tutto per tutto. Per tale motivo, probabilmente, le sue innumerevoli imprese, sono sempre state accompagnate da un alone leggendario, segnando un'epoca storica dell'automobilismo sportivo. Cominciò a guidare una moto a tredici anni, una Turcaimer, e un'auto a quattordici, una Humpmobile. Le sue prime gare furono motociclistiche. Ne vinse ben 52 a partire dal 1920 mentre l'anno seguente iniziò a gareggiare in auto, distinguendosi presto per il suo coraggio come quando, sul circuito del Tigullio nel 1924, perse i pneumatici in un'uscita di strada e arrivò al traguardo sui cerchioni. La sua leggenda è legata alle epiche battaglie per la conquista della Mille Miglia, la corsa che attraversava l'Italia su strade dove la gente attendeva per ore il passaggio dei concorrenti. Gareggiò con tutti i più forti piloti di allora, in una lunga carriera che interruppe solo nel 1950, a cinquantotto anni, ormai stanco, affetto da una grave malattia polmonare. Enzo Ferrari, nel 1970, disse di lui: «Gli uomini passano alla storia assieme al loro tempo e Nuvolari è parte integrante di quel periodo. Il mondo moderno, con le sue crudeltà, avrebbe certamente tentato di nuocere anche a lui, ma i risultati che egli era in grado di offrire avrebbero di certo spento sul nascere qualsiasi velenoso tentativo». Nuvolari morì nel suo letto, a Mantova, l'11 agosto del 1953. Aveva sessantun anni.

Emil Zatopek

Figlio di un falegname che militava tra i comunisti clandestini, Emil Zatopek nacque il 19 settembre 1922 a Koprivnice, in Moravia, e si avvicinò alla corsa quasi per caso, a diciannove anni, quando era operaio-studente nella fabbrica Bata. Si specializzò nel mezzofondo e nel fondo, interpretando sin dall'inizio questa disciplina con una tenacia e un'applicazione che lo resero leggendario e gli valsero l'appellativo di "locomotiva umana". Non bello a vedersi, il passo pesante, la faccia contratta in una smorfia di fatica, Zatopek studiò e mise a punto intensi programmi di allenamento basati sulla resistenza fisica. È detentore di un record probabilmente insuperabile poiché alle Olimpiadi di Helsinki del '52, nello spazio di una sola settimana, vinse i 5.000 metri, i 10.000 e la maratona. Cessata l'attività agonistica venne promosso colonnello dell'Esercito cecoslovacco, e si dedicò all'attività di preparatore atletico fino a che, a causa del suo aperto appoggio a Dubček, non venne allontanato dall'incarico e degradato. Sopravvisse facendo il muratore e, in seguito, il minatore. È morto a settantotto anni, nella notte del 21 novembre del 2000, a causa delle complicazioni per la frattura di un femore e per un'infezione polmonare.

Jean-Antoine Carrel ed Edward Whymper

Jean-Antoine Carrel nacque nel villaggio di Avouil, una frazione di Valtournenche, nel 1829. Combatté nelle Guerre d'Indipendenza (1848-59) con il grado di sergente: da allora, per tutti, fu "il Bersagliere". Temperamento forte, leader naturale, il suo carattere orgoglioso fu probabilmente determinante nel rendere la sfida con il Cervino lo scopo della sua vita, sin dal 1857 quando tentò senza successo la prima via verso la vetta. La comparsa di Whymper sulla scena, con un suo tentativo assieme a una guida bernese, scatenò tra loro la competizione per la conquista di quel monte:

Carrel gli rispose dapprima arrivando fino alla Crête du Coq, quindi, nel 1862, insieme a John Tyndall, giungendo fino al punto che da allora venne chiamato l'Enjambée del Pic Tyndall. La vicenda della sconfitta finale da parte di Whymper nel 1865, con la rinuncia della cordata di Carrel le cui motivazioni non furono mai completamente chiarite, è sempre stato un pezzo di alpinismo contornato da un alone di leggenda, soprattutto perché, tre giorni dopo la tragica fine di quei suoi avversari, Carrel fu capace di conquistare il Cervino salendo dalla parte italiana, tecnicamente più difficile della via aperta dall'inglese. Negli anni seguenti, ricomposti i rapporti con Whymper in virtù della grande stima che questi nutriva verso la guida valdostana, egli partecipò a una spedizione sulle Ande nella quale scalarono insieme alcune vette. Cacciatore, pastore, artigiano e contadino, Carrel scalò molte altre volte il Cervino, fino alla sua cinquantunesima ascesa, durante la quale morì dopo essere riuscito a portare in salvo i compagni di cordata, nel luogo oggi ricordato dalla cosiddetta "Croce Carrel". Era il 1890 e il Bersagliere aveva sessantun anni.

Edward Whymper nacque a Londra nel 1840, da famiglia di origini olandesi. Il padre pittore gli trasmise un certo talento che si rivelò decisivo per la sua attività alpinistica. Essa, infatti, nacque dall'incarico avuto di realizzare una serie di illustrazioni di vette alpine che, lui ventenne, un editore gli commissionò. Di questo suo primo contatto con le grandi montagne e con i grandi alpinisti inglesi del tempo come Kennedy, Leslie Stephen, Walker, egli riportò un'impressione fortissima, tale da spingerlo a recarsi nel 1861 a Valtournenche dove, conosciuto Carrel, inizierà con e senza di lui, la serie dei tentativi che il 14 luglio 1865 lo porteranno sulla vetta del Cervino. Il tragico esito della discesa impressionò fortemente l'opinione pubblica: non solo si parlò per molto tempo dell'opportunità di porre fine alle scalate, ma la persona stessa di Whymper venne coinvolta in una ridda di aspre polemiche che misero in discussione la sua abilità di capocordata e persino la sua onestà, scatenando dubbi infamanti mai completamente chiariti. A causa di queste polemiche egli decise di abbandonare le grandi imprese, salvo riprendere l'attività nella spedizione sudamericana assieme al grande rivale Carrel. Morì a settantun anni, dopo essersi ritirato a Chamonix.

La Start di Kiev

Fu una squadra particolare, composta da giocatori delle due maggiori compagini di Kiev, durante l'occupazione nazista del 1942. Goncharenko, Sviridovskij, Korotkikh, Klimenko, Tyutchev, Putistin e Kuzmenko provenivano dalla Dynamo. Balakin, Sukharev e Melnik dal Lokomotiv. Lo svolgersi della sua vicenda ha assunto nel tempo il carattere di una leggenda conosciuta come "la partita della morte", leggenda che ha purtroppo fondamento storico: alcuni calciatori vennero uccisi, altri morirono deportati nei campi di concentramento. L'unico che sopravvisse per molto tempo fu Makar Goncharenko, morto pochi mesi orsono, bandiera e testimone di quell'incredibile compagine. A questa vicenda, con libera interpretazione, si sono ispirati scrittori e registi tra cui l'ungherese Zoltan Fabri nel film *Due tempi all'inferno* e John Huston in *Fuga per la vittoria*. Ancora oggi, i possessori del biglietto di quella terribile partita, hanno diritto a un posto nello stadio della Dynamo di Kiev, stadio di fronte al quale un monumento in marmo ricorda i calciatori scomparsi.

Pier Paolo Pasolini

Nacque a Bologna, il 5 marzo 1922. Il padre era ufficiale d'artiglieria, la madre maestra elementare di origini friulane, terra alla quale Pasolini fu legato sin da ragazzo, dal tempo dei suoi soggiorni estivi trascorsi a Casarsa. Scrittore, poeta e regista, la sua forza intellettuale si rivelò attraverso un continuo confronto con il mondo, con il quale mise in gioco direttamente la sua stessa vita in una precisa volontà di ridefinire senza sosta scelte culturali, orizzonti politici, sociali, storici. Nella sua esigenza di esprimersi tra generi diversi, egli manifestò un richiamo alla purezza assoluta, a valori capaci di dare senso e forza ai vari aspetti dell'esistere umano, sino a non temere di vivere apertamente la sua omosessualità, in diretto rapporto con la realtà, al prezzo di esporsi a riprovazioni e condanne. Egli trovò continua materia di confronto tra il mondo quotidiano e le scelte intellettuali, denunciando con vera passione le trasformazioni complesse che stavano interessando il tessuto sociale italiano, in un momento di passaggio tra la civiltà contadina e il consumismo. La partecipazione alla vita del suo tempo fu totale e assoluta, anche nelle cose apparentemente più piccole, come il calcio, che amava sia in quanto espressione fisica, sia in quanto forma di linguaggio. In uno dei suoi scritti annotò: "Il football è un sistema di segni, cioè un linguaggio. Esso ha tutte le caratteristiche del linguaggio per eccellenza (...) ossia il linguaggio scritto-parlato (...). I cifratori di questo linguaggio sono i giocatori; noi, sugli spalti, siamo i decifratori: in comune dunque possediamo un codice. Chi non conosce il codice del calcio non capisce il 'significato' delle sue parole (i passaggi) né il senso del suo discorso (l'insieme dei passaggi)". Tifoso del Bologna, Pasolini amava giocare a pallone in partitelle tra amici, alle quali partecipava con impegno e grande passione. Una passione che coltivò fino al suo assassinio, avvenuto in un polveroso campetto dell'Idroscalo di Ostia, nella notte tra il 1° e il 2 novembre 1975.

I racconti *L'angelo di Coppi* e *Le traiettorie della vita* sono stati pubblicati rispettivamente su "Nuovi Argomenti" nel 1999 e su "Il diario della settimana" nel 2000.

Indice

«L'angelo di Coppi»
di Ugo Riccarelli
Piccola Biblioteca Oscar
Arnoldo Mondadori Editore

Questo volume è stato stampato
presso Mondadori Printing S.p.A.
Stabilimento NSM - Cles (TN)
Stampato in Italia. Printed in Italy

53660
2004